Brigitte van Hattem

Tatsächlich ... wie Weihnachten

Liebesgeschichten zum Fest

Impressum

Bibliografische Information der Deutschen Nationalbibliothek:
Die Deutsche Nationalbibliothek verzeichnet diese
Publikation in der Deutschen Nationalbibliografie; de-
taillierte bibliografische Daten sind im Internet über
http://dnb.dnb.de abrufbar.

© 2020/2023 Brigitte van Hattem

Lektorat: K. Waldgott/vHVerlag Kandel
Korrektorat: K. Waldgott/vHVerlag Kandel

Herstellung und Verlag: BoD – Books on Demand,
Norderstedt

ISBN: 978-3751978651

Weihnachten war immer mein schönstes Fest!

Theodor Storm

Inhaltsverzeichnis

KLINKENPUTZEN

„Für dieses Jahr habe ich mir etwas ganz Besonderes einfallen lassen!" Hubert Ganghofer strahlte. Seit er Oberbürgermeister war, produzierte er eine Idee nach der anderen, wie man das Leben in unserer Kleinstadt verschönern oder erleichtern konnte. Uns Mitarbeitern der Stadtverwaltung schwirrte bereits der Kopf!

Es ist nie einfach, wenn nach einer Kommunalwahl ein anderer Mensch das Ruder übernimmt. Jedes Stadtoberhaupt möchte schließlich seiner Gemeinde einen Stempel aufdrücken! Jeder soll merken, dass es gut war, diesen Oberbürgermeister einst einmal gewählt zu haben.

Als Hubert Ganghofer in diesem Sommer unser neuer Oberbürgermeister wurde, sprudelten von Anfang an die Ideen nur so aus ihm heraus. Er wollte alles modernisieren, vereinfachen, effizienter machen.

Plötzlich sollten wir uns nicht mehr ständig E-Mails schreiben, sondern lieber miteinander telefonieren. So wollte er Missverständnisse vermeiden und das Betriebsklima fördern.

Ich fand die Idee gut, denn ich rede eigentlich auch immer lieber mit meinen Kollegen, als ihnen umständliche Mails zu schreiben. Aber manchmal musste ja auch schriftlich fixiert werden, was gerade besprochen wurde, und dann machte ich mir die Arbeit wieder doppelt.

Ebenso ging es bei der zweiten Idee unseres neuen Oberbürgermeisters. Er fand, das kreative Chaos auf unseren Schreibtischen lenke vom Wesentlichen ab. Wir sollten daher immer zwischen zwei Arbeitsvorgängen den Schreibtisch wieder komplett leer räumen.

Ich verstand das nicht ganz. Ich bin städtische Mitarbeiterin: Bei mir sammeln sich allerlei Anfragen verschiedenster Art und jetzt rufen ja auch noch ständig die Kollegen an. Mülltrennung, Nachbarschaftsstreits, vermisste Fahrräder – bei mir kommt einiges auf den Tisch. Ich muss daher meine Unterlagen immer parat haben. An einen leeren Schreibtisch ist da gar nicht zu denken!

Den Vogel schoss der neue Oberbürgermeister mit der Regelung ab, dass alle morgens erst einmal einen Tagesplan erstellen müssen, um zu wissen, was sie abzuarbeiten haben!

Himmel, ich weiß doch morgens noch nicht, was bis mittags alles an Anfragen hereinkommt! Das ist doch das Tolle an meiner Arbeit, dass ich nie weiß, was auf mich zukommt. Hier einen Plan machen zu wollen, wäre einfach vergeudete Zeit.

Ich war schon ganz genervt von unserem neuen Chef, als Hubert Ganghofer zu Beginn der

Adventszeit beschloss, sich der bundesweiten Aktion „Keiner bleibt allein" anzuschließen.

Dabei geht es darum, einsamen Mitbürgern die Möglichkeit zu geben, Weihnachten nicht alleine sein zu müssen. Grundsätzlich eine gute Idee.

Lange diskutierten wir in Meetings und Besprechungen, wie wir sie städtisch umsetzen könnten. Doch auch unserem sonst so ideenreichen Neu-Bürgermeister fiel nichts wirklich Spannendes ein. Eine Stadtverwaltung kann an Heiligabend schlecht alle Leute einladen, die sonst einsam zuhause sitzen würden.

Eine kleine Heiligabendfeier am Nachmittag und jeder ist eingeladen? Das würde ein ganz schönes Gedränge geben! Und überhaupt, wie sollten wir wissen, ob auch wirklich nur die Einsamen kommen und nicht auch die, die einfach nur auf Kosten des Steuerzahlers Plätzchen essen und Glühwein trinken wollen?

Wir machten viele Vorschläge, aber nichts davon war umsetzbar.

Als wir alle schon dachten, die Aktion „Keiner bleibt allein" wäre für uns vom Tisch, trumpfte Hubert Ganghofer erneut auf. Er hatte eine Idee! Wir Mitarbeiter sollten alle Menschen in unserer Stadt aufsuchen, die älter als achtzig Jahre waren und noch nicht in einem Heim lebten! Da wären die Einsamen sicher dabei, meinte er.

Mithilfe des Einwohnermeldeamtes wurden die Daten bestimmt. Ob das so ganz legal war, weiß ich nicht, aber das geht schließlich auf die Kappe des neuen Oberbürgermeisters.

Wir waren sehr überrascht zu erfahren, dass bei uns fast achthundert Menschen alleine leben, die schon über achtzig sind. Ihnen sollten wir also alle einen Weihnachtsgruß bringen: ein kleines Weihnachtsgesteck mit einem Tannenzweig und einer Kerze und dazu ein winziger Stollen von der hiesigen Stadtbäckerei.

Diese knapp achthundert Menschen wurden nun auf uns städtische Mitarbeiter aufgeteilt. Jede Mitarbeiterin und jeder Mitarbeiter bekam eine Liste. Sogar unsere Politessen, die drei Hausmeister und der Pförtner mussten ran. Nur unsere Reinigungskräfte und der Oberbürgermeister selbst blieben verschont.

An diesem kalten, verregneten 4. Advent stand ich also mit einem Rollkoffer in der einen Hand und einem Gesteck mit Kerze und Stollen in der anderen auf der Straße. Im Rollkoffer waren die dreiundvierzig weiteren Gestecke, die ich heute noch an den Mann beziehungsweise an die Frau bringen sollte.

Ich hatte mir einen Schlachtplan erstellt, wie ich die zu Beschenkenden am schnellsten erreiche. Ich hatte ihre Adressen in Straßenzüge aufgeteilt und mir die Wege notiert, daher war ich zunächst ganz guter Dinge. Aber obwohl ich dicke Handschuhe, einen Schal und eine Mütze trug, war mir schon kalt, bevor ich mich überhaupt in Bewegung setzte. Advent hin oder her: An solchen Wintertagen blieb ich lieber zuhause!

Gleich die erste Klingel, die ich drückte, war eine Fehlanzeige. Niemand öffnete. Damit hatte ich nicht gerechnet. Nun gut, statt die Adresse abzuhaken, würde ich sie auf dem Rückweg nochmals besuchen müssen.

Ich sah meinen freien Adventstag schwinden. Am Morgen hatte ich noch gehofft, zur besten Tatort-Zeit wieder zuhause zu sein, aber wenn ich meine Adressen mehrfach ablaufen musste, wäre ich wohl noch bis Mitternacht beschäftigt. Verdrossen lief ich zur nächsten Adresse.

Hier hatte ich Glück. Eine ältere Dame mit gepflegter Dauerwelle und einem strahlenden Lächeln öffnete mir die Tür. Sie freute sich sichtlich über den Gruß der Gemeinde und wollte mir unbedingt einen Kaffee kochen.

Das konnte ich schlecht ausschlagen, denn das Motto war ja, dass keiner an Weihnachten allein bleiben sollte. Also blieb ich ein bisschen bei der alten Dame, plauderte und trank eine Tasse viel zu dünnen Kaffee mit ihr.

Dann war es Mittag und ich hatte noch dreiundvierzig Adressen vor mir!

Ich begann, mich zu sputen. Von jetzt an lief es aber eine Weile wie am Schnürchen. Die Menschen, denen ich etwas bringen sollte, waren zuhause. Die meisten nahmen mein Gesteck freundlich dankend entgegen und hielten mich nicht weiter auf.

Ein älterer Herr schlug mir allerdings erst einmal die Tür vor der Nase zu. „Ich kaufe nichts!", sagte er.

„Es ist ein Geschenk der Stadt", brüllte ich durch die zugeschlagene Tür, aber weil der Mann nicht wieder öffnete, legte ich ihm das Gesteck auf den Fußabstreifer und ging weiter.

Die nächste Adresse war ein paar Ecken weiter. Mittlerweile wusste ich schon nicht mehr, ob ich schwitzen oder frieren sollte. Draußen war es kalt, in den Häusern aber warm und mittlerweile war ich auch ziemlich geschafft.

Ich hätte alles für einen Weihnachtsmann getan, der mir die Geschenke abgenommen und mich nach Hause geschickt hätte! Aber es war weit und breit kein Weihnachtsmann in Sicht. Bei diesem Wetter, dachte ich mir, wäre ich schließlich auch zuhause geblieben!

Schon im Inneren des nächsten Hauses riss ich mir die Handschuhe von den Fingern und die Mütze vom Kopf. Dabei luden sich meine Haare elektrisch auf und standen in alle Richtungen ab.

Egal! Ich hatte noch neun Gestecke im Koffer, eines in der Hand. Endspurt!

Aus der nächsten Tür, an der ich klingeln sollte, dröhnte laute Musik. Es war aber keine weihnachtliche Chormusik, sondern Dance Monkey von Tones and I. Dieser Rentner hat Geschmack, dachte ich noch, bevor ich klingelte.

Der Mann, der mir nach einer gefühlten Ewigkeit öffnete, war in meinem Alter und genauso verstrubbelt wie ich. Mir verschlug es die Sprache, denn ich hatte mit einem Mann jenseits der achtzig gerechnet.

„Ich möchte gerne zu Herrn Wegner", stammelte ich.

„Ja, das bin ich", sagte der wesentlich jüngere Mann.

„Zu Herrn Thomas Wegner", fügte ich hinzu und der Mann lachte.

„Das bin immer noch ich!", antwortete er. „Was möchten Sie denn von mir?"

„Von Ihnen eigentlich nichts", antwortete ich stotternd.

„Das ist aber schade", sagte der Mann. „Wollen Sie nicht trotzdem hereinkommen?"

Ich war hin- und hergerissen. Zum einen hätte ich gerne noch eine Tasse Kaffee gehabt, zum anderen warteten in meinem Koffer noch neun

Gestecke auf ihre Auslieferung. Meine Couch zuhause wartete ebenfalls.

Andererseits lag hier ein Missverständnis vor und ich hätte gerne gewusst, wieso mein Gegenüber nicht 82 Jahre alt war. Also ließ ich mich von Thomas Wegner in seine – übrigens sehr geschmackvoll eingerichtete - Wohnung führen. Während ich mich umsah, stellte er die Musik etwas leiser.

„Kann ich Ihnen etwas anbieten?", fragte Thomas dann und wies mit der Hand in Richtung Sofa.

Dankbar und erschöpft ließ ich mich darauf fallen. Das Weihnachtsgesteck legte ich auf den Couchtisch. „Einen Kaffee, bitte, wenn es keine Mühe macht."

„Aber nein", antwortete er und ging in die Richtung, in der ich die Küche vermutete. Von dort hörte ich dann auch gleich das vertraute Geräusch einer vollautomatischen Kaffeemaschine. Das klingt nach einem leckeren Kaffee, freute ich mich.

Ich wurde nicht enttäuscht. Die Tasse, die Thomas mir brachte, roch verlockend aromatisch und der Kaffee hatte eine dicke goldbraune Schaumkrone. „Mmmhh, mit Crema, danke!", strahlte ich und kostete.

Dann besann ich mich auf den Grund meines Besuchs. Ich erklärte meinem unfreiwilligen

Gastgeber, dass ich auf der Suche nach Thomas Wegner sei, der hier wohnen solle. „Geboren am 28. März 1937."

„Ich bin am 28. März geboren, allerdings erst 1977", antwortete Thomas schmunzelnd. „Ich hoffe, man sieht mir das an!"

Ich lachte und nickte. Oh, dachte ich gleichzeitig, was ist dann das auf meiner Liste? Ein Druckfehler? Ein Eingabefehler des Einwohnermeldeamts? Ein kleiner Scherz unter Kollegen?

„Das tut mir leid, das muss ein Versehen sein. Aber da ich nun schon einmal hier bin und es hier niemanden gibt, der über achtzig ist, darf ich Ihnen dieses Weihnachtsgesteck samt Stollen mit besten Grüßen von der Stadtverwaltung überreichen. Wir möchten nicht, dass Sie sich an Weihnachten einsam fühlen und wollen mit dieser kleinen Aufmerksamkeit zeigen, dass wir Sie nicht vergessen haben!"

Thomas lachte, während er den kleinen Stollen auspackte, in Scheiben schnitt und mir davon anbot. Ich war so ausgehungert, dass ich dankbar annahm und schon saßen wir beide zusammen, tranken Kaffee mit Crema und futterten den Stollen, der eigentlich für einen einsamen Menschen gedacht war.

Wir waren schnell per Du und fragten uns gegenseitig ein wenig aus. Ich erzählte vom neuen

Oberbürgermeister und Thomas gab zu, dass er ihn sogar gewählt hatte. „Ich auch", entfuhr es mir und dann lachten wir einmütig.

Doch bevor es allzu gemütlich wurde, zog ich die Handbremse: „Ich muss leider heute noch neun Menschen beglücken und draußen wird es schon dunkel. So leid es mir tut, ich muss gehen", sagte ich.

„Was machst du denn danach?", fragte Thomas.

„Ich lege mich total erschöpft auf die Couch und schaue mir den Tatort an!", antwortete ich.

„Gegenvorschlag", meinte Thomas. „Ich lade dich zum Essen ein und nehme den Tatort auf. Dann können wir ihn uns danach anschauen."

Das klang nach einem guten Plan. Aber noch zögerte ich.

„Oder wir schauen ihn uns ein anderes Mal an. An Weihnachten zum Beispiel. Ich bin nämlich an Heiligabend auch allein."

Ich sah Thomas erstaunt an. Wie konnten wir von der Stadtverwaltung nur so dumm sein, anzunehmen, nur ältere Menschen könnten einsam sein. Jüngere waren es oft genug auch!

„Abgemacht, wir gehen essen. Und wann wir den Tatort schauen, überlegen wir dann", sagte ich, verabschiedete mich und ging mit meinem Rollkoffer zurück auf die Straße.

„Viel Glück! Ich erwarte dich dann wieder hier", hatte Thomas mir noch nachgerufen. Beschwingt machte ich mich wieder an meine Arbeit. Ich hatte Glück: Die nächsten acht Herrschaften waren alle zuhause und sehr lieb. Eine Dame wollte mir sogar ein Trinkgeld zustecken, aber das lehnte ich natürlich ab.

Nur der Herr, bei dem ich gleich zu Anfang geklingelt hatte, war noch immer nicht zuhause. Ich klopfte bei den Nachbarn und bat sie, ihm das Gesteck an meiner Stelle zu geben und sie versprachen es.

Dann stand ich wieder auf der Straße und war frei! Frei für Thomas, der schon recht ungeduldig auf mich wartete.

Später stand in der Zeitung, dass diese weihnachtliche Aktion, die alle städtischen Mitarbeiter am 4. Advent durch die Straßen getrieben hatte, ein voller Erfolg gewesen sei. Alle Beschenkten hätten sich sehr gefreut.

Dazu gehörte natürlich auch Thomas. Mein Thomas! Es war Liebe auf den ersten Blick gewesen und an Heiligabend nahm ich ihn einfach mit zu meinen Eltern nach Hause. Er hatte seine Eltern bereits in jungen Jahren verloren und freute sich über den unverhofften Familienanschluss.

Wie es zu dem Fehler in der Seniorenliste kam, habe ich nie herausgefunden. Aber ehrlich gesagt, habe ich auch niemanden danach gefragt. Und den Tatort? Den haben wir uns bis heute noch nicht angeschaut, dazu waren wir bislang viel zu sehr miteinander beschäftigt. Aber das macht nichts. Wir haben ja jetzt ein Leben lang Zeit …

EIN KELTISCHER
WEIHNACHTSENGEL

Ich würde meine Mutter viel öfter besuchen, wenn zwischen uns nicht die Autobahn 8 liegen würde. Von Karlsruhe bis Stuttgart kommt man mit dem Auto überhaupt nicht voran und bis man schließlich in Richtung Bodensee abbiegen kann, vergehen Stunden. Aber es war Weihnachten und das feiert sich zuhause immer noch am Allerschönsten.

Bahnfahren war keine Alternative. Bis ich bei Mutti bin, muss ich fünf Mal umsteigen und schon mehr als einmal fuhren die gebuchten Züge einfach nicht. Es gab in meiner aktiven Bahnfahrerinnenzeit Zugausfälle wegen Oberleitungsproblemen, wegen ach so überraschend einsetzenden Schneefällen, aber auch schon wegen „Personenschäden" – so nennen sie das bei der Bahn, wenn jemand sich vor einen Zug wirft.

Also doch wieder mit dem Auto.

Also doch wieder in den Stau.

Ich stellte das Radio an und wenn sie ein Lied spielten, das mir gefiel, summte oder sang ich mit. So versuchte ich, bei Laune zu bleiben, schließlich wusste ich ja, dass mir eine Staufahrt bevorstand. Das mit der Laune hätte ja auch geklappt, wenn nicht ausgerechnet in der Stopp-and-Go-Strecke zwischen Karlsbad und Pforzheim irgend so ein

Verrückter mit rotem Dacia-Kleinwagen gedacht hätte, er müsse sich im Stau direkt vor mich stellen. Er reihte sich zack und knapp vor meiner Nase ein, nachdem er mich erst mühsam überholt hatte. Mühsam deshalb, weil die linke Spur genauso vollgestopft war wie die rechte.

Kaum war der Dacia-Fahrer vor mir, stieg er auch schon auf die Bremse. Um ein Haar wäre ich aufgefahren! Wütend hupte ich. „Du Idiot!", brüllte ich gleichzeitig in Richtung seiner Heckklappe.

Ich weiß gar nicht, warum ich mir so sicher war, dass dieser Wagen von einem Mann gefahren wurde. Es hätte ja auch eine Frau sein können. Genau genommen sprach die Tatsache, dass es kein allzu großes Auto war, sogar für eine Frau. Rein statistisch gesehen fahren mehr Frauen als Männer Kleinwagen. Aber wahrscheinlich hatte ich einfach große Lust, meine Wut gegen einen Mann zu richten. Mein Chef hatte mich in den letzten Tagen vor Weihnachten nur genervt und auch in Sachen Liebe hatte ich just ein paar Mal ins Klo gegriffen. Ich war schon im Grundtenor sauer auf das andere Geschlecht, daher war mir klar: Der Dacia vor mir wurde von einem Mann gefahren! Dieses unnütze Überholmanöver ließ zudem nicht auf volle Zurechnungsfähigkeit schließen.

Ich zwang mich, wieder normal ein- und auszuatmen, dann zuckte ich mit den Schultern und versuchte, an etwas anderes zu denken.

Das tat ich etwa drei Minuten lang. Dann lichtete sich auf der linken Spur der Verkehr und wild entschlossen, nicht mehr hinter dem Idioten von eben fahren zu müssen, blinkte ich und scherte aus.

Während ich den roten Dacia überholte, linste ich nach rechts, um mir den Fahrer einmal genauer anzusehen. Es war tatsächlich ein Mann, hatte ich es doch gewusst. Er war, wie ungewöhnlich, hellblond und trug die Haare etwas länger.

Mehr konnte ich auf die Schnelle nicht erkennen, denn während ich ihn überholte, sah der Fahrer plötzlich zu mir herüber und unsere Augen trafen sich.

Das war mir sehr unangenehm, deshalb schaute ich eiligst weg, konnte aber nicht verhindern, dass ich rot wurde. Ich fühlte mich tatsächlich ertappt.

Dagegen half nur Gas geben. Ich kam leider nicht weit. Schließlich hatte sich der Stau in dieser letzten Sekunde nicht aufgelöst. Aber ich konnte doch rund zwanzig Meter gut machen, bevor ich erneut zurück auf die rechte Fahrbahn vor einen LKW schlüpfte.

Puh! Entkommen!

Ich entspannte mich wieder so gut, wie man es in einem Opel Corsa kann, sang ein „Last Christmas" mit Wham! und verdrängte alle Gedanken an den blonden Dacia-Engel. Bis er links neben mir wieder auftauchte.

Ich weiß auch nicht, warum ich gerade in diesem Moment nach links gesehen hatte. Normalerweise schaue ich mir meine Staunachbarn nämlich nicht an. Möglicherweise war der Dacia auch schon eine ganze Weile neben mir hergefahren und ich hatte es erst bemerkt, als sein Fahrer zu mir herüber starrte. Das tat er nämlich. Ganz unverschämt.

Ich streckte ihm die Zunge heraus und sah dann schnell wieder geradeaus über mein Lenkrad.

Trotzdem bemerkte ich im Augenwinkel, wie er lachte und war froh, als es auf meiner Fahrbahn ein paar Meter schneller ging. Währenddessen hatte er auf der Überholspur noch mehr Glück. Wir waren kurz vor Pforzheim und das dichteste Gemenge löste sich auf. Mr. Dacia konnte, ja, er musste sogar an mir vorbeiziehen. Und weg war er.

Nochmals puh! Aufatmen.

Auch auf meiner Fahrbahn ging es jetzt schneller. Es schien so, als wäre der Stau vorbei und ich trat fröhlich aufs Gas. Es war Heiligabend, ich hatte ein paar Tage frei und war auf dem Weg zu meiner Mutti! Was wollte ich mehr? Wie ich so fuhr, stellten sich zum ersten Mal an diesem Tag so etwas wie Feiertagsgefühle ein. Ich fühlte mich frei und sorglos.

Dann fuhr ich in den Stuttgarter Stau. Ich hatte auf der Überholspur gerade noch Gas gegeben, als ich plötzlich wieder die Geschwindigkeit drosseln und mich in die Autoschlange einreihen musste. Ich seufzte und mein Blick fiel nach rechts.

Da war er. Er lachte, denn er hatte mich ebenfalls bemerkt. Dieses Mal hielt ich seinem Blick stand und versuchte ein zerknirschtes Lächeln. Er strahlte zurück. Blaue Augen. Der Mund wie bei einem Mädchen. Jetzt lächelte ich wirklich, wandte meinen Blick aber schnell wieder ab und starrte zurück über mein Lenkrad. Da bemerkte ich, wie er in seinem Auto herumhampelte und versuchte, meine Aufmerksamkeit zu erregen. Ich zählte bis drei, um nicht allzu neugierig zu wirken, bevor ich wieder zu ihm sah.

Er hatte eine Nikolausmütze aufgesetzt und vollführte mit der Hand eine kleine Pantomime. Dabei tat er so, als hätte er eine Tasse in der Hand und führe sie zum Mund. Schließlich zeigte er auf mich, auf sich und dann in Richtung Ausfahrt.

Ich lachte und überlegte. Eine Pause könnte mir nichts schaden. Ein Flirt auch nicht. Dass mich dieser Dacia-Fahrer vor einer Stunde blöd ausgebremst hatte, würde ich ihm vermutlich verzeihen können. Ich hatte es ohnehin schon fast vergessen.

Ich nickte also und zeigte zur Bestätigung ebenfalls in Richtung Ausfahrt. Dort würde viele Stauminuten später einmal die Rastanlage Sindelfinger Wald auftauchen, wie ich wusste. Kurz danach müsste ich dann auf die A 81 in Richtung Bodensee wechseln.

So fuhren der Dacia-Fahrer und ich eine halbe Stunde lang nebeneinander her. Mal lag ich vorne, mal rückte er nach, wie es in einem Stau halt so zugeht, und kurz vor der Rastanlage gab er mir Zeichen, dass ich vor ihm einscheren und mit ihm ausfahren sollte. Was ich auch tat.

Wir fuhren auf den großzügig angelegten Parkplatz und hielten nebeneinander. Neugierig sprang ich aus meinem Auto und sah zu, wie er sich aus seinem schälte.

„Hallo", sagte er mit einem verschmitzten Lächeln und streckte mir die Hand hin.

Er war kleiner, als ich erwartet hatte, aber immer noch größer als ich. Aus der Nähe betrachtet fiel mir seine markante Nase auf, die einen reizvollen Gegensatz zu seinem halblangen Blondhaar und dem weichen Mund bildete. Die Fältchen um seine Augen ließen mich vermuten, dass er nicht mehr ganz so jung war, wie ich eigentlich gedacht hatte.

Ich war ein wenig verlegen, weil ich mir nicht sicher war, ob ich es in einer halben Stunde noch für eine gute Idee halten würde, angehalten zu haben. Doch als sich mein Daciafahrer als Glen vorstellte und hinzufügte, dass er keltischer Abstammung sei, hatten wir bereits ein interessantes Gesprächsthema. Bis wir in der Raststätte vor Kaffee und Kuchen saßen, plauderten wir schon so unbefangen miteinander, wie es sonst nur mit guten Bekannten oder Freunden möglich ist.

Draußen wurde es dunkel und es begann zu regnen. Ich schickte meiner Mutti eine WhatsApp-Nachricht, sie solle sich keine Sorgen machen, ich käme schon noch. Aber in Wahrheit wollten wir beide dort sitzen bleiben und für immer miteinander reden.

Als wir es schließlich gar nicht mehr länger hinauszögern konnten, standen wir auf und verabschiedeten uns schweren Herzens voneinander. Er hatte mir eine Visitenkarte von sich in die Hand gedrückt, ich ihm meine Telefonnummer auf eine Serviette gekritzelt. Wir küssten uns rechts und links zum Abschied, stiegen in unsere Wagen und fuhren davon: er geradeaus weiter nach München zu seiner Schwester und ich heim nach Singen zu meiner Mutter.

Das Radio stellte ich aus, es störte mich beim Denken. Ja, dachte ich, das war jetzt schön gewesen. Ob es wohl bei diesem einen Treffen blieb? Er kam aus Bretten, ich wohnte in Karlsruhe – das war nah genug. Nah genug, sich wiederzusehen. Vor allem aber auch nah genug für eine Beziehung.

Als ich am Abend Zuhause ankam, warteten bereits ein Weihnachtsbaum, mein Bruder mit seiner Familie und natürlich meine Mutter auf mich. Ich war die letzte und wurde stürmisch begrüßt. Besonders meine Nichte und mein Neffe waren außer sich vor Freude, mich einmal wiederzusehen. Dass ich Geschenke dabei hatte, verstärkte ihre Begeisterung natürlich.

Nur meine Mutter sah mich ein wenig komisch von der Seite an, aber ich bin jetzt alt genug, das auszuhalten.

Als ich in der Bescherungshektik einen Blick auf mein Smartphone warf, sah ich, dass Glen mir bereits ein Foto von sich und seiner Schwester geschickt hatte. Zwei leuchtend blaue Augenpaare strahlten um die Wette. Darunter stand: „Du bist das schönste Weihnachtsgeschenk ever."

So sah ich das auch. „Und du bist ein keltischer Weihnachtsengel", whatsappte ich zurück. Wir telefonierten in den Rauhreiftagen und trafen uns an Silvester wieder. Es sieht also ganz nach einem himmlischen Happy End aus.

VOM NIKOLAUS MIT DEN SCHMUTZIGEN HÄNDEN

So ein Mistwetter! Es war jedenfalls eisig kalt, als ich an jenem Abend das Haus verließ. Nicht freiwillig, beileibe nicht! Mir wäre ein gemütlicher Abend vor dem heimischen Ofen viel, viel lieber gewesen, aber die Pflicht rief ...

Ich bin Journalistin von Beruf und schreibe für die Lokalredaktion der hiesigen Tageszeitung. Das klingt toller als es oft ist. Nichts gegen Kaninchenzüchter beispielsweise, aber wenn ich über deren langweilige Jahreshauptversammlung berichten muss, kommen mir schon einige Zweifel in Bezug auf meine Berufswahl.

Nun, es gibt natürlich auch sehr interessante Termine, wie beispielsweise die Gemeinderatsitzungen. Ich weiß immer als erste, was sich die Politiker im Ort wieder Neues ausgedacht haben.

Oder es gibt nette Termine, wie der, der mir an diesem Abend bevorstand: die Nikolausfeier der freiwilligen Feuerwehr. Das konnte nicht allzu schlimm werden: hinfahren, Fotos machen, ein paar Impressionen einfangen und danach niederschreiben. Alles easy.

Nur das Wetter ... Mit Kamera und Notizblock bewaffnet setzte ich mich hinter das Steuer und kämpfte mich durch den kalten Nordwind. Es waren zwar nur wenige Kilometer, die ich fahren musste, aber die hatten es in sich. Der Wind brachte den ersten Graupelschnee und die Straßen waren rutschig.

Auf meinem Weg passierte ich einen Auffahrunfall. Ein Wagen war wohl beim Bremsen ins Rutschen gekommen und auf einen anderen aufgefahren. Bei so einem Wetter ist das schnell passiert, dachte ich und fuhr doppelt vorsichtig um die beiden Unfallfahrzeuge herum.

Erleichtert atmete ich auf, als ich endlich am Feuerwehrhaus ankam.

Drinnen war es zwar warm, aber auch laut. Anscheinend waren fast alle kleinen Kinder der Umgebung anwesend und sie schrien und sprangen durcheinander. Manche quengelten: „Wo bleibt denn der Nikolaus?", andere hatten Sprechchöre gestartet und riefen: „Nikolaus, Nikolaus!" Offensichtlich hatte der begehrteste Mann des Abends Verspätung.

Den Erwachsenen schien das nichts auszumachen. Sie tranken Glühwein und plauderten munter miteinander. Eine Blaskapelle versuchte, gegen den Lärm anzuspielen.

Plötzlich kam Bewegung in die Reihen. Ein Nikolaus rannte draußen am Fenster vorbei. Die Kinder riefen „Oh" und „Ah!", während die Blaskapelle „Nikolaus, komm in unser Haus!" anstimmte.

Als der Nikolaus endlich total abgehetzt in der Tür stand, zwang er sich zu einem angemessenen, würdevollen Schritt und bewegte sich auf das Podium zu. Ich zückte meine Kamera, als ich hörte, wie ein paar Frauen hinter ihm tuschelten:

„Er hat seine weißen Handschuhe vergessen!"

„Schau mal seine Hände an! Hat er an einem Motor geschraubt?"

„Sieht ganz so aus. Wir schicken unsere Kinder immer zum Händewaschen, aber der Nikolaus hat dreckige Hände!"

„Das ist ein wirklich schlechtes Vorbild!"

Ich musste grinsen. Natürlich sah auch ich die dunkel gefärbten Fingerspitzen dieses Nikolaus, aber ich wusste sofort, dass es sich um Motoröl handeln musste, das nicht mit einer einzigen Handwäsche zu entfernen ist. Da kann man eine gute Weile schrubben, bevor es weggeht!

Im Gegensatz zu den Frauen hinter mir fand ich diese Hände aber auch sehr attraktiv. Man sah ihnen an, dass ihr Besitzer zupacken konnte und es auch tat. Ich finde so etwas richtig sexy.

Ich nahm also meine Kamera und folgte dem Nikolaus. Als er gerade mit einem kleinen, blonden Mädchen sprach, drückte ich ab. Der Nikolaus lächelte, zog das Mädchen an sich und posierte mit ihr.

Ein tolles Motiv! Die Augen der Kleinen und die des Nikolaus strahlten um die Wette. Jetzt musste ich nur noch die Eltern des Mädchens finden und fragen, ob ich das Foto veröffentlichen durfte.

Als sich der Nikolaus anderen Kindern zuwandte, sprach ich das kleine Mädchen an und ließ mich von ihm zu seiner Mutter führen. Es war eine brünette Dame, die an einem Glühwein nippte und Gott sei Dank nichts dagegen hatte, ihr Kind in der Zeitung abgebildet zu sehen. „Aber bitte schreiben sie ihren Namen richtig und schicken Sie mir das Bild auch!", bat sie und ich versprach es.

Ich notierte mir die genaue Schreibweise von „Miriam Putzing", so hieß die Kleine, machte mir noch ein paar Notizen zu der Veranstaltung, stand dann etwas unschlüssig herum und beschloss schließlich, nach Hause zu fahren und in meinem warmen Wohnzimmer den Bericht gleich fertigzustellen.

Draußen war es noch kälter geworden und mein altersschwaches Auto wollte sich erst weigern, anzuspringen. Gut zureden half, aber nicht lange: Etwa zwei Kilometer vom Feuerwehrgelände und noch einmal soweit von Zuhause entfernt, streikte irgendetwas. Ich konnte gerade noch rechts ranfahren, bevor ich mit dem Wagen liegenblieb.

Wie gut, dass ich wenigstens Handy-Empfang hatte! So konnte ich den Pannendienst anrufen. Es klingelte eine Weile, dann war eine ältere Frau am Apparat, die mir versprach, so schnell wie möglich einen Helfer zu schicken. Ich müsse mich allerdings gedulden. Der für mich zuständige Pannenhelfer sei gerade anderweitig unterwegs.

Ich seufzte. Mittlerweile war aus dem Graupelschneeregen dichter Schneefall geworden. Ich schob meine Sitzlehne nach hinten und machte es mir hinter dem Steuer so bequem es ging. Dabei müssen mir wohl die Augen zugefallen und ich eingeschlafen sein, denn ich erwachte erst wieder, als es an meiner Fahrerscheibe pochte.

Draußen stand – der Nikolaus!

Verwirrt und verschlafen ließ ich die Fahrerscheibe herunter. „Ist noch etwas?", fragte ich.

„Nur, wenn Sie heute mit diesem Auto noch nach Hause wollen", antwortete er vergnügt. „Sonst lasse ich Sie auch gerne weiterschlafen!"

Jetzt erst verstand ich. „Ach du liebe Zeit, sind Sie vom Pannenservice?", hakte ich nach.

„Ja", antwortete er. „Darf ich mich vorstellen? René Weber. Wenn ich nicht gerade den Weihnachtsmann spiele, repariere ich Autos."

Ich lachte, denn nun konnte ich seine sexy Hände bewundern, wie sie souverän meine Motorhaube öffneten, an verschiedenen Schläuchen zogen und Öffnungen auf- und wieder zudrehten.

„Es ist vermutlich nur die Batterie", meinte er schließlich. „Ich könnte jetzt mein Überbrückungskabel auspacken und Starthilfe geben, aber dann müssten Sie noch eine Stunde kreuz und quer durch die Gegend fahren, bis Ihre Batterie wieder ganz aufgeladen ist. Das kann ich Ihnen bei diesem Wetter nicht wirklich empfehlen – die Straßen sind rutschig. Ich habe erst vorhin bei einem Auffahrunfall helfen müssen."

Aha, dachte ich, daher die schmutzigen Hände.

„Ich könnte Sie auch abschleppen, aber das wird für so eine Kleinigkeit zu teuer. Wie wäre es, wenn ich Sie jetzt nach Hause bringe und wir uns morgen um Ihren Wagen kümmern?"

Ich war einverstanden. Als mich René vor meiner Wohnungstür ablieferte, versprach er, mich gleich am nächsten Morgen abzuholen und mir Starthilfe zu geben. Dann könne ich in eine Werkstatt fahren und mir eine neue Batterie einbauen lassen.

Ich bedankte mich artig und war versucht, ihn noch auf einen Kaffee zu mir zu bitten, aber das habe ich mir dann doch verkniffen. Was soll der Nikolaus schließlich von mir denken?!?

Aber ich freute mich doch, als ich ihn gleich am nächsten Morgen wiedersah. Ganz ohne Nikolauskostüm gefiel er mir sogar noch besser!

Deshalb fragte ich ihn auch spontan, ob ich ihm mit einem Abendessen für diese Gefälligkeit danken dürfe.

„Nur wenn wir uns duzen und nur, wenn du das Essen selber kochst", antwortete er verschmitzt und ich lachte. Nun, ich wünschte mir einen Mann, der zupacken kann und er wünschte sich eine Frau, die weiß, wie man eine Herdplatte bedient. Alles ganz legitim, wie ich finde, denn ich koche ziemlich gut.

„Okay", antwortete ich. „Samstagabend 19 Uhr? Wo ich wohne, weißt du ja jetzt …"

Liebe geht bekanntlich durch den Magen und ich legte mich richtig ins Zeug. Die Romantik der Weihnachtszeit tat ihr übriges und nun, nun verbringen wir auch Heiligabend zusammen - als Paar!

WEIHNACHTEN IST ES AM SCHLIMMSTEN

„Das ist echt der Hit!" Susanne schlug mir anerkennend auf die Schultern. Im Radio dudelte gerade der topaktuelle Weihnachtsschlager, in dem Sängerin Bibi von ihrer verlorenen Liebe sang und wie einsam sie sich fühlte.

„Weihnachten ist es am schlimmsten!", trällerte Bibi in einem fröhlichen Refrain, der so gar nicht zum Inhalt des Textes passen wollte.

„Und das hast echt du geschrieben?", fragte Susanne begeistert und wohl schon zum einhundertsten Mal. Ich nickte und wandte meinen Kopf ab, damit Susanne die Tränen in meinen Augen nicht sehen konnte. Denn mit diesem Lied hatte es eine ganz besondere Bewandtnis.

Ich bin eine von vielen Junior-Texterinnen in einer größeren deutschen Werbeagentur. Daher schreibe ich auch nicht die berühmten Schlagzeilen der teuren Werbespots oder Anzeigenkampagnen. Ich bin diejenige, die Produkterklärungen für den Werbeprospekt eines Fachmarkts textet. Oder die an Beipackzetteln für Nahrungsergänzungsmitteln feilt.

Natürlich träume ich auch von dem einen, witzigen, umwerfenden Slogan, den ich bei einem Brainstorming in den Raum werfe und von dem dann alle begeistert sind. Aber bislang darf ich ja noch nicht einmal an Brainstormings teilnehmen, das bleibt den alten Hasen vorbehalten.

Vor ein paar Monaten war aber überraschenderweise mein Chef zu mir gekommen und hatte mich gefragt, ob ich etwas Arbeit außer der Reihe übernehmen könnte. Es ging um die Schlagersängerin Bibi, deren Konzertauftritte über unsere Agentur beworben werden. Sie sollte im November ein Weihnachtsalbum herausbringen, aber es fehlten noch geeignete Lieder.

„Ich habe keine Ahnung von Schlagern", antwortete ich damals verblüfft. „Ich kann ja noch nicht einmal Noten richtig lesen!"

„Aber ich weiß, dass Sie ein gutes Gefühl für Takt und Rhythmus haben und in Ihrer Freizeit Gedichte schreiben. Daher dachte ich an Sie", antwortete mein Chef. Wie peinlich! Wer hatte ihm denn das verraten?

„Wir brauchen nur ein paar neue Textideen!", fuhr er fort. „Um die Vertonung kümmert sich das Managerteam um Bibi. Ich stelle Sie einen Tag frei und Sie sehen, was Sie hinbekommen?"

Ich habe damals schlecht „Nein" sagen können. Eigentlich war ich auch ganz froh gewesen, mal einen Tag von meiner langweiligen Routinearbeit wegzukommen. Die Anwenderbroschüre für eine neue Anti-Aging Creme, die ich gerade zusammenstellte, hatte ohnehin noch Zeit.

Also habe ich an jenem Tag meinen Schreibtisch freigeräumt und mich an die Arbeit gemacht. Ein Weihnachtsschlagertext … mmmh. Ich überlegte.

Zuerst wollte mir nichts einfallen, aber dann versuchte ich es mit freien Assoziationen. Es war ja schließlich April – Weihnachten war lange her und lange hin.

Daher schrieb ich alles auf, was mir zum Thema Weihnachten einfiel: Schnee, Kerzen, Glockengeläut, Schlittschuhe, Nikolaus, das Christkind, Geschenke, schummeriges Licht, der Duft von Plätzchen und – natürlich - Herbert!

Herbert! Meine große Liebe! Mit ihm hatte ich mich erst letztes Weihnachten verlobt, aber obwohl wir schon fünf Jahre ein Paar und uns ganz sicher waren, hatte er vor vier Wochen mit mir Schluss gemacht. Er habe sich in eine andere verliebt, es täte ihm leid.

Ich war damals fassungslos gewesen und hatte es auch erst nicht glauben können. Die ganze Nacht weinte ich und am nächsten Morgen meldete ich mich krank, weil ich nicht so verheult in der Agentur aufkreuzen wollte.

Seitdem quälte ich mich von Tag zu Tag.

Mit diesen Erinnerungen im Kopf begann ich wieder zu weinen. Ich vermisste Herbert so sehr! Genau genommen hatte ich keine Ahnung, wie ich dieses Jahr das Weihnachtsfest ohne ihn durchstehen sollte. „Weihnachten ist es am schlimmsten", notierte ich auf meinem Assoziationszettel. Dann drehte ich mich plötzlich wie ferngesteuert zu meinem PC und meine Finger rasten über die Tastatur. Ich schrieb:

„Es ist schon so lange her

dass du gegangen bist,

doch es ist besonders schwer,

wenn alles so weihnachtlich ist.

Wenn alle Lichter blinken

in jedem Fenster Kerzenschein

und alle Menschen friedvoll sind,

dann fühle ich mich so allein …"

Erschrocken hielt ich inne und sah mir an, was ich da getippt hatte. Aber es gefiel mir für den Anfang. Nun noch der Refrain …

„Weihnachten ist es am schlimmsten,

da fehlst du mir sehr,

Weihnachten ist es am schlimmsten,

wie schön es wär …"

Und so weiter und so weiter – alles sprudelte nur so aus mir heraus, ich konnte gar nicht mehr aufhören!

Am nächsten Tag legte ich meinem Chef drei verschiedene Liedtexte vor. Er sah einmal quer über die Blätter, pfiff anerkennend und meinte: „Viel Herzschmerz, aber das ist wohl auch das, was an Weihnachten gut ankommt! Ich gebe es an das Mangerteam weiter!"

Von da an hatte ich nichts mehr von meinen Schlagerergüssen gehört. Bis ich eines Abends auf dem Nachhauseweg „Weihnachten ist es am schlimmsten" im Radio hörte. Ich freute mich riesig. Eine meiner Arbeiten schien Erfolg zu haben!

Im Laufe des nächsten Morgens rief mich auch mein Chef zu sich. Er sprach von Tantiemen, die mir für den Text des Liedes zustehen würden. „Die anderen Vorlagen von Ihnen waren wohl nicht so interessant, aber dieser Titel wird ein Hit!", prophezeite er. „Ihnen werden die Schlagerproduzenten die Tür einrennen. Ich hoffe, Sie bleiben trotzdem bei uns!"

Ich war ganz verlegen und nickte geschmeichelt, aber ich musste zugeben, dass auch mir das Lied gut gefiel, das die Produzenten aus meiner Textvorlage gemacht hatten. Aber ohne die schmissige Melodie und ein paar Reimkorrekturen hätte es bestimmt nicht dieses Hitpotential gehabt.

Allzu oft mochte ich es aber nicht hören. „Weißt du", gestand ich jetzt meiner Freundin Susanne, „ich dachte an Herbert, als ich es schrieb. Und es sagt aus, was ich wirklich fühle: Ich habe Angst vor Weihnachten. Es ist mein erstes Weihnachten ohne ihn."

„Du weißt aber schon, dass er wieder Single ist?", fragte Susanne.

Ich war überrascht, aber dann schüttelte ich traurig den Kopf. „Das geht mich nichts mehr an", sagte ich.

„Soll ich mit dir Weihnachten feiern?", fragte Susanne.

„Das ist lieb, aber nicht das Gleiche", antwortete ich.

Als Heiligabend näher rückte, ging ich einen riesigen Weihnachtsbaum kaufen. Dann lud ich die ganze Familie ein: meine Eltern, meine beiden Brüder mit ihren Ehefrauen und ihren insgesamt drei Kindern. Durch den unerwarteten Tantiemensegen konnte ich es mir leisten, sie alle großzügig zu beschenken.

Es wurde ein wirklich wundervoller Heiligabend. Mein Braten gelang, die Kinder saßen halbwegs manierlich bei Tisch, freuten sich über die Geschenke und machten den Lärm, den glückliche Kinder nun einmal machen.

Kurz nach 22 Uhr wurde es aber wieder still in meiner Wohnung. Alle wollten nach Hause, denn die Kinder mussten schließlich ins Bett und meine Eltern hatten einen langen Heimweg. Papa fühlte sich allzu späten Nachtfahrten nicht mehr gewachsen. So blieb ich inmitten von Essensresten und Geschenkpapieren zurück.

Kurz darauf klingelte es. „Jemand hat etwas vergessen", dachte ich und ging zur Tür.

Aber es war niemand von meiner Familie, der davor stand. Es war Herbert. Er hatte den für ihn typischen „Ich habe ein schlechtes Gewissen"-Hundeblick aufgelegt, trug jedoch auch ein kleines Weihnachtspäckchen in der Hand.

Ich war so überrascht, dass ich gar nichts sagen konnte und ihn nur anstarrte.

„Ich habe dir sehr weh getan", sagte er stockend. „Darf ich trotzdem hereinkommen? Ich habe dir so viel zu sagen ..." Dann hielt er mir das kleine Päckchen hin.

Ich nahm es und winkte Herbert herein.

Er sah auf den Weihnachtsbaum und das Schlachtfeld, das meine Familie hinterlassen hatte.

„Oh, waren alle da?", fragte er und ihm stiegen die Tränen in die Augen.

„Ja, alle", antwortete ich knapp und verkniff mir ein: „Nur du nicht."

„Das tut mir leid", antwortete er, als hätte ich es doch gesagt. „Ich habe dieses Jahr einen großen Fehler gemacht und bereue es."

Ich sagte nichts, sondern sah ihm zu, wie er sich setzte. Seinen Mantel hatte er anbehalten, als würde er damit rechnen, dass ich ihn gleich wieder hinauswerfe. Aber ich war noch viel zu verdattert, um irgendetwas zu tun.

„Ich habe gedacht, ich würde eine andere Frau mehr lieben als dich, aber es war nur ein Strohfeuer", fuhr Herbert fort. „Und nun spielen sie dauernd dieses Lied im Radio, und ich kann gar nicht mehr aufhören, an dich zu denken … ich musste heute einfach kommen." Herbert hatte Tränen in den Augen, als er fragte: „Meinst du, du kannst mir jemals verzeihen?"

Ich konnte Herbert nicht ansehen, während er das sagte, ich hätte sonst einfach losgeheult. Daher öffnete ich unterdessen einfach sein Päckchen. Es enthielt eine CD, aber natürlich nicht irgendeine, sondern die von Sängerin Bibi mit dem Hit „Weihnachten ist es am schlimmsten". Nun konnte ich nicht mehr: Einerseits musste ich lachen, aber gleichzeitig begann ich zu weinen.

„Was ist so lustig?", fragte Herbert verwirrt.

„Das erzähle ich dir, sobald ich mich beruhigt habe!", antwortete ich. Dann legte ich die CD ein und während die Weihnachtshit lief, zeigte ich ihm die Stelle auf dem Cover, auf dem die Lieder, die Komponisten und die Texter aufgeführt waren.

„Das ist von dir?", fragte er ungläubig. „Kein Wunder, dass es mich so angesprochen hat!"

Dann sahen wir uns beide ratlos an.

„Wie geht es jetzt weiter?", fragte Herbert vorsichtig. „Du hast noch gar nichts gesagt ..."

„Nun", antwortete ich unter Tränen. „Jetzt ist Weihnachten jedenfalls nicht mehr ganz so schlimm!"

Beinahe hätten wir gelacht, aber dann, endlich, sprachen wir uns gründlich aus. Und natürlich verzieh ich ihm – zumindest fürs Erste.

Ob wir tatsächlich doch noch heiraten werden, steht in den Sternen. Die Wunde, die unsere Trennung in mein Herz geschlagen hat, muss erst einmal heilen. Aber ich bin wieder glücklich und voller Hoffnung.

Wir fangen neu an, wir beide, und das Lied, das ich ganz traurig im April geschrieben hatte, brachte uns an Weihnachten wieder zusammen. Das ist mir mehr wert als alle Tantiemen der Welt!

ÜBERFAHRT NACH FLOREANA

Reisen waren Hannas Leidenschaft - schon immer! Als sie noch ein Kind war, konnten sich ihre Eltern höchstens Fahrten an die Ostsee leisten, daher musste Hanna mit ihrem ersten richtigen Urlaub warten, bis sie ihr eigenes Geld verdiente.

Aber dann! Dann ging es nach Südfrankreich, nach Spanien, Italien, später in die Niederlande und nach Belgien, ein anderes Mal nach Dänemark, Schweden und Norwegen.

Im Jahr darauf erkundete sie England und Irland, Österreich, die Schweiz, aber schließlich zog es sie in ferne Länder. Sie erkundete alle Kontinente und war in Indien, Indonesien, Afrika, in den USA und Südamerika.

Mal war Hanna alleine unterwegs, mal mit ihrem späteren Ehemann. Nach ihrer Scheidung ging sie mit Freundinnen auf Reisen, mit organisierten Reisegruppen und wieder alleine, je nachdem, wo sie hinwollte.

Hanna verdiente als Versicherungskauffrau nicht wenig, steckte aber all ihr Geld in ihr Fernweh. Sie lebte in einer kleinen Zweizimmerwohnung und wenn sich andere Frauen Nippes oder Klamotten kauften, investierte Hanna längst wieder in ihren nächsten Urlaub.

Hanna genoss ihre Unabhängigkeit, vor allem nachdem sie in Rente gegangen war. Aber manchmal sehnte sie sich nach männlicher Gesellschaft. Sie träumte von einem Mann, der sie auf ihren Reisen begleitete oder zu dem sie frohen Herzens wieder zurückkehren könnte.

Aber Hanna hatte Ansprüche. Männer in ihrem Alter fand sie meist konservativ und unattraktiv. Sie wünschte sich einen, der sich seine Jugendlichkeit bewahrt und noch Lust auf Neues hatte!

Weil solche Exemplare rar gesät sind, musste Hanna dann doch wieder alleine in Urlaub fahren. In diesem Jahr an Weihnachten, denn es war schwieriger, an Weihnachten allein zuhause zu bleiben als allein zu verreisen. Hanna suchte sich ein besonders schönes Ziel aus: Sie flog nach Ecuador und von dort aus nach Baltra auf die Galapagos-Inseln. Weiter ging es mit dem Bus bis zur Fähre und von dort aus nach Santa Cruz, wo sie sich in dem kleinen, schnuckeligen Hotel Lobo del Mar einmietete, das sie noch von ihrem letzten Besuch her kannte.

Weil die Anreise so lang gedauert hatte, hätte sie beinahe das Frühstück verschlafen, aber dann traf sie im Speisesaal doch noch auf eine Gruppe Urlauber, die fröhlich plaudernd zusammensaß. Deutsche, wie sie gleich erkannte. Ansonsten war der Frühstücksraum leer.

Hanna nahm sich einen Kaffee aus der riesigen Hotelkanne und suchte sich gerade einen Sitzplatz, als ein Mann aus der Reisegruppe ihr freundlich zuwinkte. „Setzen Sie sich doch zu uns", sagte er und rückte neben sich einen Stuhl zurecht.

Auch die Frau, die neben dem Mann saß, nickte einladend und alle anderen sahen Hanna erwartungsvoll an. Alleinreisen ist eine feine Sache, aber es ist auch schön, wenn man schnell in Kontakt mit anderen Reisenden kommt. Daher nahm Hanna das Angebot an und setzte sich zur Gruppe.

„Na, auch ein Weihnachtsflüchtling?", fragte der Mann und Hanna nickte lächelnd. „Woher wissen Sie, dass ich Deutsche bin?", fragte sie wiederum, nachdem sie sich gesetzt hatte.

„Ich wusste es nicht", antwortete er und um seine Augen kräuselten sich Lachfältchen. „Wenn Sie nicht reagiert hätten, hätte ich es noch einmal auf Englisch versucht. Und dann auf Französisch."

„Und wenn Sie dann noch nicht reagiert hätten", sagte die Frau neben ihm, die mit einem starken Akzent sprach, „dann hätte ich es mit Spanisch versucht."

Hanna lachte. „Sind Sie Spanierin?", fragte sie.

„Argentinierin", antwortete sie und schon waren sie mitten in einem Gespräch, an dem sich noch ein weiteres Ehepaar beteiligte.

Ganz am Ende des Tisches saß ein Mann, der vermutlich alleine reiste und Hanna aufmerksam betrachtete. Er war etwa Mitte siebzig, trug ein kariertes Hemd, das über seinem üppigem Bierbauch aufsprang und ein Doppelripp-Unterhemd freilegte. Das war ganz der Typ Mann, der bei Hanna keine Chance hatte.

Bei dem Mann ihm gegenüber sah das etwas anders aus. Er war sicher auch schon in den Siebzigern, saß aber schlank und aufrecht da. Das wenige Haupthaar hatte er kurz geschnitten, was sein markantes Gesicht noch unterstrich. Als Hanna ihn sich von der Seite betrachtete, drehte er sich zu ihr und sie sahen sich kurz in die Augen.

Hanna musste wegsehen, so tief traf sie sein Blick. Seine Augen hatten so gütig ausgesehen, so liebevoll. So wollte Hanna betrachtet werden, ganz genau so!

Doch leider saß neben diesem Traummann eine äußerst attraktive Frau. Sie war in Hannas Alter, also in den Sechzigern, und hielt sich ebenfalls ganz gerade. Ihre Haare waren erstaunlich gepflegt für das feucht-warme Klima, das aus Hannas Haar stets Krautsalat machte. Die Frau war dezent geschminkt und sehr teuer, aber dem

Anlass entsprechend angezogen. Die Bluse war gebügelt, ihre Bermudas strahlend weiß. Hanna war sich sicher, dass diese Frau auch jetzt noch im Bikini eine gute Figur machen würde.

„Gegen sie habe ich nun wieder keine Chance", dachte sich Hanna. „Ich bin ein kleines Pummelchen mit blonden Sauerkrautlocken, mehr der Kumpeltyp und lange nicht so repräsentativ." Sie zuckte die Achseln und wandte sich wieder ihren Gesprächspartnern zu. Nicht ohne Bedauern, denn der Mann gefiel ihr wirklich sehr.

Die Reisegruppe wollte an diesem Tag ins Innere der Insel Santa Cruz fahren, wo die Riesenschildkröten leben. Hanna zog es stattdessen an die Tortuga Laguna, die hinter dem weltberühmten Strand Tortuga Bay liegt und wo man gefahrlos schwimmen und sich sonnen kann. Vorausgesetzt, man mag es, sich zwischen Meeresechsen zu tummeln.

Nachdem sie stundenlang am Strand gelegen hatte, wanderte sie den ausgedehnten Weg über den Strand und durch die Wälder von Puerto Ayora zurück in ihr Hotel. Sie hatte ein Sonnenschutzmittel aufgetragen und einen Hut aufgesetzt, denn die Sonne brannte erbarmungslos. Genug Wasser hatte sie auch dabei. Es hatte einfach seine Vorteile, wenn man sich irgendwo auskennt.

Unterwegs hielt sie an einem Geschäft an, um sich für den nächsten Tag eine Überfahrt nach Floreana zu buchen. Diese Insel hatte es ihr schon immer angetan und sie freute sich auf einen Besuch der wilden Seelöwen und Echsen am Black Beach, dem schwarzen Lavastrand.

Ziemlich verschwitzt kam Hanna im Lobo del Mar an. Dort traf sie im Foyer auf ein paar Vertreter der Reisetruppe, die sie am Morgen kennengelernt hatte. Nicht alle waren in Sachen Sonne so umsichtig gewesen wie sie. Überall erkannte sie erhitzte Gesichter und sonnenverbrannte Nasen. Nur die Argentinierin und ihr Ehemann sahen aus, als wären sie ebenfalls gut behütet gewesen.

In diesem Moment betrat ihr Traummann mit seiner Frau das Hotelfoyer. Sie trug eine Baseball Cap von Dior und sah so kühl aus, als käme sie nicht von einem Ausflug, sondern direkt aus der Dusche. Ihr Mann folgte ihr. Er trug eine Schirmmütze, unter der seine warmen Augen vergnügt blitzten.

„Essen Sie mit uns zu Abend?", fragte in diesem Moment der Alleinreisende, auf dessen knallroter Glatze sich die wenigen verbliebenen Haare feucht kräuselten. Hanna hätte beinahe „Nein" gesagt, aber in diesem Moment sah sie ihr Traummann wieder so freundlich an und nickte ihr zu. Auch die Argentinierin zupfte Hanna am Arm. „Komm, das wird lustig heute!", versprach sie.

Also zog Hanna an diesem Abend mit der ganzen Reisetruppe durch Santa Cruz. Sie waren alle das erste Mal hier und Hanna führte sie in eine Straße, in der die Händler ihre Tische auf die Straße gestellt hatten und wo man gemütlich in der Abendhitze essen konnte. Zu ihrer Überraschung erfuhr sie, dass die Gruppe am nächsten Tag auch nach Floreana wollte – mit dem gleichen Schnellboot wie Hanna. „So ein Zufall", dachte sie und dann fiel ihr Blick wieder auf ihren Traummann, von dem sie mittlerweile wusste, dass er Michael hieß und Arzt im Ruhestand war.

Am nächsten Morgen ging es mit dem Schnellboot zur Insel Floreana, die südlich von Santa Cruz liegt. Diese Fahrt dauert normalerweise knapp zwei Stunden und ist kein Zuckerschlecken. Denn statt bei schönstem Sonnenschein entspannt an der Reling zu sitzen und den Ausblick auf das Meer zu genießen, sitzt man in diesen Booten wie Ölsardinen gedrängt im Außen- oder Innenbereich. Im Außenbereich sind Gischt und Seegang besonders heftig, innen ist es zwar ruhiger, aber stickig. Das Wetter war an diesem Tag regnerisch bis stürmisch und die Wellen schlugen so hoch, dass Hanna sich gerne in das Innere des Bootes verzog.

Dort setzte sie sich in einer Ecke auf den Boden, wo sie sich sowohl an der Sitzbank als auch an der Wand anlehnen konnte und daher von zwei Seiten Halt hatte. Wann immer der Kapitän nun über eine große Welle fuhr, flog das Motorboot ein paar Meter in die Luft und knallte danach wieder auf dem Wasser auf. Alle Mitreisenden wurden dabei aus ihrem Sitz ein Stück in die Luft geschleudert und fielen mehr oder weniger unsanft auf ihre Hintern zurück. Bei der ersten Welle wurde noch laut „Ui" gerufen, aber schon nach der zweiten Welle waren ein paar Gesichter bereits aschfahl geworden. Nur noch ein paar Einheimische, die mit an Bord waren, sahen entspannt aus.

Ein paar Einheimische und ... Michael.

Während sich seine Frau draußen an der Reling stoisch festhielt, war er zu Hanna ins Bootsinnere gekommen, wo er an der anderen Ecke auf der Bank saß und entspannt lächelte. Hanna lächelte ihn ebenfalls an und ihre Augen trafen sich erneut mit einer Intensität, die Hanna den Atem raubte. In diesem Moment überfuhr der Kapitän eine weitere Welle und die beiden wurden wieder in die Luft katapultiert. Der Moment war vorbei.

Hanna steckte sich einen Kaugummi in den Mund und kaute erbittert gegen die aufkommende Übelkeit an. Ein Einheimischer ging nach draußen und verteilte Spucktüten an die Passagiere. Nur Michael hatte die Ruhe weg. Er saß in seiner Ecke und lächelte.

Nach etwa einer Stunde wurde die See ruhiger. Hanna schloss die Augen und träumte vor sich hin: Was wäre, wenn? Wenn Michael nicht verheiratet wäre? Wenn sie nicht so eine attraktive Frau wäre? Doch halt, konnte es nicht auch sein, dass ein Mann, der jahrzehntelang mit einer perfekten Frau verheiratet ist, sich nach etwas Unkonventionellem sehnt? Hanna wollte sich die Gedanken verkneifen, aber sie ließen sich nicht vertreiben.

„Vielleicht gefällt ihm eine verrückte Nudel, wie ich es bin. Vielleicht gerade, weil ich so anders bin als seine perfekte, frisch zurechtgemachte und gebügelte Frau?", dachte sie, und musste breit lächeln. Dann aber schalt sie sich als albern. Sie hatte nichts gegen seine Frau, aber sie wäre diesem Michael wirklich gerne näher gekommen.

Eine Dreiviertelstunde später war die Höllenfahrt zu Ende. Floreana kam in Sicht und die Passagiere wurden unruhig. Michael stand auf, trat an Hanna heran und hielt ihr die Hand hin, um ihr aufzuhelfen. Hanna sprang auf ihre Füße und kam ihm dabei sehr, sehr nahe. Ihre Hand fest im Griff beugte er seinen Kopf zu ihr und flüsterte: „Woran hast du gedacht, als du vorhin so gelächelt hast?"

„An uns!", antwortete Hanna keck, bereute es aber sofort, als sie merkte, wie irritiert er reagierte. Er hatte ihre Hand losgelassen und war tatsächlich rot geworden!

Jetzt tauchten am Horizont zwei Beiboote auf, die die Gruppe abholen und an den Landesteg bringen sollten. Dort wurden sie von riesigen See-löwen und einer männliche Meeresechse empfan-gen, die paarungsbereit in roten Farben schillerte. Hier trennten sich ihre Wege. Michael und seine Frau gingen mit der Reisegruppe ins Innere der Insel, um weitere Riesenschildkröten zu besu-chen. Hanna hingegen lief zum Black Beach, ei-nem wundervollen schwarzen Sandstrand, des-sen anliegendes Hotel von der Enkelin der Erstbe-siedler geführt wurde. Dort verfolgte sie mit der Kamera eine Seelöwenmutter, die mit ihrem Jun-gen im Wasser spielte, bevor sie mit ihm an Land kam und es zwischen den heißen, schwarzen La-vasteinen stillte.

Ein paar Meter weiter ließ sich ein rotgefärbtes Meeresechsenmännchen von den Wellen umspü-len und ein Goldener Sängerfink nutzte eine Was-serpfütze, um sich seelenruhig fast eine Viertel-stunde lang zu baden. Hanna sah das alles, aber sie dachte nur an Michael!

Stunden später tauchte auch die Reisegruppe am Black Beach auf. Sie hatte im dortigen Hotel ein spätes Mittagessen gebucht. Auf einem riesigen Tisch in der kühlen Hotelhalle hatte man ihnen Thunfisch, Kartoffelsalat, Reis, Ananas und Salat gerichtet. Hanna war zufällig in dem Moment, als sich die Reisegruppe an den Tisch setzte, im Ho-telshop, um ein paar Ansichtskarten zu kaufen. Danach ging sie in den hinteren Hotelhallenbe-reich auf die Toilette.

Als Hanna zurück kam, wurde sie von Michael abgefangen, der sie wortlos auf die Seite zog, ihren Kopf zwischen seine Hände nahm und unendlich lange, erst zaghaft und vorsichtig, dann aber wild und leidenschaftlich küsste. Danach sah er ihr tief in die Augen und seufzte: „Oh, mein Gott! Endlich!"

In diesem Seufzer lag alles, was es zu sagen gab: Sein leidenschaftliches Begehren und das Glück, sie gefunden zu haben. Doch Hanna zog sich langsam aus seiner Umarmung. Michael hielt sie fest, sah sie liebevoll und eindringlich an und fragte: „Was ist?"

„Du bist verheiratet", raunte Hanna heiser.

„Unsinn", antwortete Michael. „Wie kommst du darauf?"

„Da draußen sitzt deine Frau!"

„Margret?" Michael war ehrlich verblüfft. „Das ist nicht meine Frau. Das ist meine Schwester!", sagte er und lachte.

Hanna starrte Michael verblüfft an, dann stimmte sie in sein Lachen mit ein. Wieso nur hatte sie das nicht selbst erkannt, fragte sie sich. Sie hätte die Ähnlichkeiten bemerken müssen: die gleiche aufrechte Gestalt, die gleichen Bewegungen, der gleiche Kleidungsstil.

Aber wäre nicht auch ein Paar, das dreißig, vierzig Jahre verheiratet war, sich ebenso ähnlich geworden?

„Margret ist verwitwet, genau wie ich. Deshalb fahren wir oft zusammen in Urlaub. Wir kommen gut miteinander aus."

„Na, wenn das so ist", freute sich Hanna, schmiegte sich an Michael und ließ sich wieder und wieder küssen.

Ein paar Stunden später trafen sich alle am Anlegesteg wieder. Zwischen zwei Seelöwenmüttern, die ihre Jungen stillten, nahmen sie Abschied von der Insel Floreana und stiegen in die Beiboote, die sie zum Schnellboot brachten.

Auf der Rückfahrt nach Puerto Ayora war der Wellengang erträglicher. Michael hatte sich dieses Mal mit Hanna in den Außenbereich gesetzt, seine Schwester hatte sich diskret in den Innenbereich des Bootes zurückgezogen. Ganz selbstverständlich saßen Hanna und Michael Arm in Arm an der Reling und wann immer das Boot in die Luft schnellte, lachten sie und strahlten sich an. Weihnachten konnte kommen!

WIE FRAU SCHRÖDER
DOCH NOCH OMA WURDE

„Kommen Sie doch herein", sagte die blonde Frau Mitte Dreißig, die Frau Schröder an diesem Adventssonntag die Tür öffnete. Sie wies auf eine lange Tafel, die liebevoll mit Weihnachtsdekoration und Plätzchen geschmückt war. Verlegen sah Frau Schröder sich um. Außer ihr waren nur noch zwei weitere Frauen da, die am Ende des kleinen Saals an der Küchenzeile arbeiteten. Was sollte sie jetzt tun? Sich einfach setzen?

Frau Schröder war mit vielen Hoffnungen in den Gemeindessaal der Stadt gekommen. Hier sollte eine kleine Weihnachtsfeier des Vereins „Frauen- und Familienpflege e.V." stattfinden. Sie kannte zwar niemanden von diesem Verein, ja, genauer gesagt musste sie sogar zugeben, dass sie erst vor Kurzem von ihm gehört hatte, aber vielleicht … vielleicht fand sie hier einen Enkel. Oder eine Enkelin.

Natürlich werden Sie jetzt sagen, Enkel, egal welchen Geschlechts, findet man nicht auf Weihnachtsfeiern und auch nicht unter einem noch so großen Tannenbaum. Wer keine Kinder hat, bekommt auch keine Enkel. So einfach ist das normalerweise.

Aber ist das nicht auch furchtbar schade?

Frau Schröder hatte sich immer Kinder gewünscht, aber sie wurde einfach nicht schwanger. Als sie und ihr Mann sich untersuchen ließen, war bei ihm alles in Ordnung. Bei ihr hingegen fanden sich Verklebungen und Vernarbungen, die eine Empfängnis erschwerten oder, wie in diesem Fall, sogar verhinderten.

Der Grund? Frau Schröder hatte lange über das Warum nachgedacht, zumal auch ihr Frauenarzt keine schlüssige Erklärung parat hatte. War es einfach nur Schicksal? Oder war es gar die Chlamydien-Infektion, die sie sich mit Anfang zwanzig bei einem Campingurlaub in Südfrankreich eingefangen hatte? Die Sonne, die Lust und das Leben hatten sie in jenem Sommer leichtsinnig gemacht. Diese eine unbedachte Nacht am Strand war wunderschön und als Erinnerung unverzichtbar – dennoch hatte Frau Schröder sie mittlerweile tausendfach bereut.

Erst ein paar Jahre später lernte sie ihren späteren Mann kennen. Er gefiel ihr und hatte die gleichen Lebensziele: Ehe, Kinder, Wohlstand. Die fehlenden Kinder wurden zu einer Zerreißprobe, doch schließlich schlossen beide ihren Frieden damit und wandten sich anderen Dingen zu. Sie reisten in ferne Länder, lernten fremde Sprachen und freundeten sich mit Menschen in aller Welt an. Mit dem Alter wurden sie naturgemäß ruhiger, pflegten aber ihre Sprachkenntnisse weiter und schrieben ihren fernen Freunden ausführliche E-

Mails in Englisch, Französisch, Spanisch und Portugiesisch.

Für ihre Rentenzeit hatten die Schröders viele Pläne. Sie wollten im Sommer in Deutschland bleiben und die Wintermonate nur noch in südlichen Gefilden verbringen. Doch das Schicksal machte ihnen erneut einen Strich durch die Rechnung. Herr Schröder war erst wenige Monate in Rente, als er plötzlich an Gelbsucht erkrankte. Ein Bauchspeicheldrüsentumor blockierte seinen Gallengang.

Der Krebs hatte bereits gestreut und obwohl die Ärzte und Therapeuten sofort alle Hebel in Bewegung setzten, konnte ihm nicht mehr geholfen werden. Herrn Schröder blieb kein ganzes Jahr mehr, dann musste seine Frau ihn gehen lassen.

Es war eine schlimme Zeit.

Frau Schröder tat, was viele Menschen in Zeiten der Trauer tun: Sie vergrub sich in Arbeit. Wahrscheinlich war sie in ihren letzten Jahren vor der Rente die gewissenhafteste Korrespondentin ihres Arbeitgebers. Aber schließlich kam der Tag, vor dem sie sich insgeheim immer gefürchtet hatte: Sie wurde berentet. Plötzlich hatte sie die Zeit, auf die sie sich einst mit ihrem Mann so sehr gefreut hatte! Doch nun lag sie wie ein öder Teppich vor ihr und sie wusste nicht, was sie mit ihr anfangen sollte. Nichts erschien ihr erstrebenswert, nichts mehr sinnvoll. Hätte sie nur Kinder gehabt!

Dieser Gedanke kam ihr mehr als einmal. Für Kinder würde es sich lohnen, weiterzuleben. Es würde sich lohnen, sich weiterzubilden, um Gelerntes weiterzugeben. Es würde sich lohnen, im Garten Erdbeeren und Gemüse anzupflanzen, um mit den Enkeln Kuchen zu backen und feine Gerichte zu kreieren.

Aber ohne Kinder ... keine Enkel.

Die wenigen Freunde an Frau Schröders Seite hatten sowohl Kinder als auch Enkel. Sie trafen sich mit ihnen an den Sonntagen oder luden sie ein. Sie betreuten die Kleinen und halfen den Großen. Einige ließen sich von ihren bereits halbwüchsigen Enkeln Laptops und Streamingdienste einrichten – etwas, wovon Frau Schröder noch immer keine Ahnung hatte!

Schließlich beschloss sie, sich ein Ehrenamt zu suchen. Mit Tieren hatte sie es nicht so, daher verwarf sie den Gedanken sofort wieder, im örtlichen Tierheim auszuhelfen. Vielleicht Menschen in einem Altersheim besuchen? Aber welche?

Da fiel Frau Schröder eine Anzeige der Stadtbibliothek ins Auge. „Vorlese-Spaß für die Kleinen" hieß es da. Frau Schröder wusste nicht, was damit gemeint war, aber bei der nächsten Gelegenheit stattete sie der Bibliothek einen Besuch ab.

„Brauchen Sie noch Vorleserinnen?", fragte sie die Bibliothekarin hoffnungsvoll und zeigte auf die Anzeige, die sie mitgebracht hatte.

„Ach was", winkte die Bibliothekarin ab, „an Vorleserinnen besteht kein Mangel. Das wollen immer alle machen! Leuchtende Kinderaugen hat jeder gerne."

„Natürlich", antwortete Frau Schröder und errötete.

„Die meisten Mütter, die ihre Kinder hierher bringen, bräuchten viel dringender eine Oma, die auch einmal in Notzeiten einspringt", erzählte die Bibliothekarin, während sie ein paar Bücher in ein Regal einsortierte. „Die den Kindern etwas von früher zeigt, mit ihnen singt oder Hausaufgaben macht. Vorlesen alleine reicht einfach nicht. Aber wenn so eine Oma nicht gerade um die Ecke wohnt ..." Die Bibliothekarin zuckte mit den Schultern.

Ihre Worte klangen Frau Schröder noch im Ohr, als sie das nächste Mal das Anzeigenblättchen der Stadt in Händen hielt. Dort wurde über den Verein Frauen- und Familienpflege e.V. berichtet. Frau Schröder hatte noch nie von diesem Verein gehört und las interessiert, dass sich die Mitglieder mittwochs immer im Gemeindesaal trafen.

„Dort frühstücken wir in lockerer Atmosphäre, tauschen uns aus und knüpfen neue Kontakte", las Frau Schröder weiter. „Das Angebot richtet sich an alle Mamas und Papas mit ihren Kindern, auch Großeltern sind gerne gesehen. Darüber hinaus sucht der Verein auch Leihomas und -opas!" Frau Schröder ließ die Zeitung sinken und dachte nach.

Leihoma. Warum nicht Leihoma?

Sie wusste nicht, dass es sich dabei um eine Form der Kinderbetreuung handelt, bei der sich rüstige Senioren stunden- oder sogar tageweise um Kinder kümmern. Frau Schröder hatte auch keine Ahnung, dass es dafür mittlerweile sogar regelrechte Großelterndienste gab und man sich über das Internet eine Oma vermitteln lassen konnte. Doch je länger sie darüber nachdachte, desto besser fand sie die Idee. Viele Eltern würden sich doch einen erfahrenen, zuverlässigen Babysitter wünschen, und vielleicht auch einen mit der Lebenserfahrung einer Ersatzoma, wenn es keine eigene Oma mehr gab oder sie zu weit weg wohnte.

Wäre das nicht auch für die Kinder eine bereichernde Erfahrung? Insbesondere, wenn die Leihoma nette Geschichten erzählen könnte oder über einen größeren Vorrat an Süßigkeiten verfügte.

Als sich Frau Schröder das alles so gedacht hatte, wurde ihr klar, dass sie die geborene Leihoma war! Sie las den Artikel über den Verein noch einmal und sah dort auch den Vermerk, dass zwischen den Jahren die gemeinsamen Frühstücke nicht stattfinden könnten, aber dass es dafür am vierten Advent eine Weihnachtsfeier geben würde.

Sie war noch nie zuvor im Gemeindesaal gewesen und musste ein wenig suchen, bis sie den Eingang fand. Um vierzehn Uhr sollte die Feier beginnen und sie war überpünktlich.

„Setz dich doch!", sagte die Frau, die sie begrüßt hatte und die anscheinend die Vorsitzende des Vereins war. „Wir sagen hier alle ‚du' zueinander, ich hoffe, das ist okay." Frau Schröder nickte, murmelte ein „Annegret" und nahm verlegen Platz. Als es vierzehn Uhr zehn war, saß sie immer noch alleine da und sah den anderen Frauen beim Arbeiten zu. Sie schnitten Stollen auf, dekorierten Plätzchen auf Tellern und kochten Tee.

„Nimm dir doch schon einmal eine Tasse Kaffee", sagte die Vorsitzende und wies auf eine Kanne vor ihr. Frau Schröder tat wie geheißen. Abgesehen vom leisen Geschirrklappern an der Küchenzeile war es andächtig still im Raum und sie überlegte bereits, wie sie so schnell wie möglich das Weite suchen könnte. Dabei war es nur die Ruhe vor dem Sturm, die so in ihren Ohren dröhnte. Denn plötzlich ging die Tür auf und eine Horde Kinder kam lachend und johlend herein, dicht gefolgt von ein paar Müttern, denen man ansah, dass sie es einfach nicht früher geschafft hatten.

„Hallo, dich kenne ich noch nicht, wer bist du denn?", fragte eine junge Frau und setzte sich gleich neben Frau Schröder. Noch bevor sie erneut „Annegret" murmeln konnte, war die junge Mutter aber schon abgelenkt von etwas, das ihr eine Frau von gegenüber zurief.

„Annegret", wiederholte Frau Schröder, als sich die Mutter ihr wieder zuwandte.

„Ich bin Lizzy", antwortete die Frau. „Und das sind Ronny und Julia." Sie deutete in die Richtung, in der ein paar Kinder sich gegenseitig die Spielsachen zeigten, die sie mitgebracht hatten.

„Jetzt aber ab ins Spielezimmer mit euch!", rief die Vorsitzende und bugsierte die Kinder in einen anderen Raum. Kurzfristig wurde es wieder ruhig im Raum, aber dann seufzten die Frauen erleichtert auf und fingen an, fröhlich miteinander zu plaudern. Frau Schröder fühlte sich noch immer völlig deplatziert, bis die Vorsitzende laut in die Runde rief: „Wer passt als erste auf unsere Kinder auf?"

„Das mache ich!", bot sie sich spontan an, stand auf und ging hinüber in das so genannte Spielezimmer. Es war ein chaotisch wirkender Raum, in dem ein Schaukelpferd neben einem kleinen Trampolin und zwischen mehreren Schreibtischen stand. Auf den Schreibtischen waren Malblöcke, die bereits bunt bekritzelt waren. Hier fühlte sie sich sofort wohl.

„Passt du heute auf uns auf?", fragte ein kleines, dunkelhaariges Mädchen, als Frau Schröder eintrat.

„Muss man denn auf euch aufpassen?", fragte sie lächelnd zurück.

„Immer!", meinte die Kleine.

Frau Schröder musste lachen. Dann setzte sie sich an einen Schreibtisch und sah den Kindern beim Spielen zu.

Sie waren fröhlich und genossen es sichtlich, ohne ihre Mütter zu sein, so wie sich wohl auch die Mütter gerade darüber freuten, in Ruhe Kaffee trinken zu können. Frau Schröder war überrascht, wie friedlich die Kinder waren und wie freundlich sie miteinander umgingen. Es ging nur nicht immer sehr gerecht zu, zum Beispiel wenn es um die Nutzung des Trampolins ging. Hier musste Frau Schröder ein paar kleinere Streits schlichten und auch einmal ein Machtwort sprechen.

Nur das kleine Mädchen, das sie angesprochen hatte, wollte nicht aufs Trampolin, sondern saß plötzlich verloren in einer Ecke. „Traust du dich nicht?", fragte sie. Das Mädchen schüttelte den Kopf. „Meine Puppe ist kaputt!", sagte sie traurig und hielt einen Puppentorso und einen losen Arm hoch.

„Weißt du was? Ich suche den zweiten Arm der Puppe und versuche, sie zu reparieren und du springst derweil ein wenig auf dem Trampolin, okay?" Das Mädchen nickte zögerlich, gab Frau Schröder aber schließlich Arm und Torso und stieg vorsichtig auf das kleine Turngerät.

Jetzt hatte Frau Schröder den Salat und musste mit einem Auge einen weiteren Puppenarm suchen und mit dem anderen aufpassen, dass dem Kind nichts passierte. Sie war einfach keine erfahrene Oma. Aber in diesem Moment kamen ihr andere Fähigkeiten zugute.

„¡El brazo está por aquí!", rief ein Junge plötzlich, der bislang nur gejauchzt, aber nicht gesprochen hatte. Er deutete auf ein Konvolut an Spielsachen, das in einer Ecke lag, ging hin und fischte den Puppenarm heraus.

„¡Hablas espanol!", sagte Frau Schröder verwundert zu ihm, während sie ihm den Arm abnahm. Der Junge nickte. „Du auch?", fragte er in Spanisch zurück.

Jetzt nickte sie, wandte sich dann aber auch wieder dem Trampolin zu. Das kleine Mädchen von eben sprang noch wie wild darauf herum, war aber schon völlig verschwitzt. „Komm", lockte sie die Kleine, „wir reparieren jetzt deine Puppe."

Während sie die Puppenarme wieder in den Torso steckte, übernahm der kleine Spanier – oder war es ein Südamerikaner? – das Trampolin. Das Mädchen sah der Erwachsenen aufmerksam bei ihrer Arbeit als Puppendoktorin zu, während die anderen Kinder unterdessen eine Carrera-Bahn entdeckt hatten, die sie nun zusammen aufbauten. Es war laut, aber schön.

„Huhu, hier kommt die Ablösung!", sagte eine Frau fröhlich, die ganz plötzlich in der Tür gestanden hatte.

Frau Schröder verließ die Kinder nur ungern, aber an ihrem ersten Tag im Familienverein wollte sie sich fügen. Daher drückte sie dem Mädchen seine Puppe in die Hand und winkte zum Abschied. „Du kommst aber wieder!", verlangte die Kleine und Frau Schröder nickte.

Sie ging zurück in den Frühstücksraum und nahm sich ein Stück Stollen. Während sie schweigend aß, konnte sie den Müttern zuhören, die sich gegenseitig ihr Leid klagten. Hier waren es Schwierigkeiten mit den Behörden, da gesundheitliche Probleme des Kindes, dort eine heikle Wohnsituation oder eine schwierige Trennung.

Diesen Müttern, dachte sie schmunzelnd, würde ebenfalls eine Leihoma gut tun: Eine ältere, lebenserfahrene Freundin, die ihnen mit Rat und Tat zur Seite stehen kann. Als Leihoma bekommt man ja zu einem Enkel auch gleich noch ein Kind mit dazu, ein erwachsenes zwar, aber immerhin. Plötzlich war sich Frau Schröder sicher, in diesem Kreis bald auch „ihren" Enkel zu finden, aber bis dahin wollte sie sich vornehm zurückhalten. Da hatte sie ihre Rechnung allerdings ohne die Kinder gemacht!

Als sie gerade aufgestanden war und ihr Geschirr in die Spülmaschine gestellt hatte, rannte das kleine dunkelhaarige Mädchen von vorhin zu ihr und rief: „Oma, Oma, willst du schon gehen? Du wolltest doch noch wieder zu uns kommen! Ich habe dich gesucht." Dabei krallte sich die Kleine mit beiden Händen in den Saum von Frau Schröders grüner Strickweste.

„Entschuldigen Sie bitte, das ist mir furchtbar unangenehm", sagte eine dunkle Frauenstimme. Sie gehörte zu der Frau, die gerade Probleme mit einer Behörde hatte. „Aber Luzie ist besessen davon, hier eine Oma zu finden."

„Na, das trifft sich doch ganz gut", antwortete Frau Schröder und löste sanft Luzies kleine Fingerchen aus ihrer Strickweste. Mit etwas Mühe und viel Rückenschmerzen ging sie zu ihr in die Hocke. „Ich bin nämlich gekommen, um nach einer Enkelin zu suchen, aber ich habe auch nichts dagegen, gefunden zu werden."

Luzie warf ihre Ärmchen um Frau Schröder und drückte ihr beinahe den Hals ab. Da drängelte sich eine füllige Frau dazu und fragte atemlos und mit starkem Akzent: „Mein Sohn hat mir gesagt, Sie sprechen spanisch. Er bräuchte jemand, der ihm hilft, deutsch zu sprechen. Ich hatte gehofft, Sie werden vielleicht unsere Nana?"

Sie drehte sich um und zeigte auf den Jungen, der den Puppenarm gefunden hatte.

Plötzlich war es wieder ganz still im Raum. Luzie ließ verunsichert Frau Schröders Hals los und trat einen Schritt zurück, dicke Tränen in den Augen. Frau Schröder nahm ihre kleine Hand und richtete sich langsam auf. „Ich fühle mich geehrt!", sagte sie zu beiden Müttern gleichzeitig. „Und ich bin gerne die Nana für zwei Enkel!"

Luzie ist mittlerweile elf Jahre alt, Pedro fünfzehn. Er spricht längst perfekt Deutsch und Luzie kann ihre Puppen selbst reparieren. Dafür gehen in der Zwischenzeit andere Kinder bei Frau Schröder ein und aus. Nicht immer hat sie Zeit für sie und manchmal treiben sie die Kinder fast in den Wahnsinn, aber das wäre auch nicht anders, wenn Frau Schröder ihre leibliche Oma wäre.

Wenn sich die Mütter für ihr Engagement bedanken, versichert sie ihnen immer wieder, dass die Kinder mit ihren Familien ihr genauso helfen wie sie ihnen. Und dass es schön ist, Oma zu sein – auch wenn man selbst niemals Kinder gehabt hat!

DER SILVESTERKUSS

„Wie war das letzte Jahr? Was habe ich erlebt, was habe ich gemeistert, wo bin ich gescheitert? Was habe ich gesehen, was habe ich gehört und wo stehe ich jetzt?" Silvester ist genau der Moment, an dem man sich diese Fragen stellt, und nicht immer fallen die Antworten darauf angenehm aus!

So ging es auch Sahra. 2019 war ein stürmisches Jahr gewesen, aber allzu viele positive Dinge hatten sich nicht ereignet. Sie war bereits seit über drei Jahren Single und schon im Jahr zuvor hatte sie sich an Silvester geschworen: Dieses Jahr wird alles anders!

Zu ihren Neujahrsvorsätzen hatte gehört, dass sie ihrem Single-Dasein ein Ende bereitet. Deshalb hatte sie auf Kontaktanzeigen geantwortet und sich im Laufe des Jahres mit mehreren Männern getroffen. Aber irgendein Haar in der Suppe fand sich immer. Wenn ihr einmal ein Mann gefiel, was selten genug vorkam, dann gefiel sie ihm nicht. Oder er wollte nichts Festes. Oder, auch das war im vergangenen Jahr vorgekommen, er war verheiratet! Sahras Begegnungen mit Männern brachten ihr daher mehr Kummer als Freude.

Und nun? Nun war wieder der 31. Dezember und sie stand immer noch mit leeren Händen da! Wundert es da irgendwen, dass sie keine Lust hatte, mit ihrer Freundin Melanie auf eine Silvester-Single Party zu gehen? Das hätte ja bedeutet, dass sie einfach weitermachte wie bisher und weiter sucht. Aber Silvester ist ein guter Moment, um innezuhalten und Bilanz zu ziehen. Was hatte sie im letzten Jahr getan? Was hätte sie besser bleiben lassen sollen? Was hatte ihr etwas gebracht, was war völlig daneben?

Also, ihre Single-Dates mit den Kontaktanzeigenbekanntschaften und den Auftritten in Internetportalen waren alle danebengegangen. Der 31.12. war ein guter Zeitpunkt, sich das schonungslos einzugestehen. Und mit einem guten Buch auf der Couch zu liegen, statt sich wieder ins Gewimmel zu stürzen.

„Na, dann halt nicht!", sagte Melanie enttäuscht, aber bestimmt. „Wenn du nicht mitgehst, feiere ich halt alleine im Goldenen Anker!" Der Goldene Anker war die Tanzkneipe im Ort, wo in dieser Silvesternacht eine Singleparty stattfinden sollte. Sahra winkte ab. „Geh du nur", sagte sie. „Ich habe die Nase voll von Singles!"

Sie hatte sich für den Silvesterabend ein Buch zurechtgelegt, das sie schon immer gerne einmal lesen wollte und dessen Titel sie im Buchladen interessant gefunden hatte: „Das Glück ist ein dämliches Grinsen" von einer Autorin mit niederländischem Namen. Sie schenkte sich ein Glas Wein ein und begann zu lesen.

Das Buch war nicht übermäßig dick und enthielt teils vergnügliche, teils ernste Geschichten und

Gedichte. Sahra konnte es gar nicht mehr weglegen. Als sie schließlich damit durch war, war es fast 23 Uhr und sie war wach und bestens gelaunt! Genauer gesagt: Sie war viel zu gut gelaunt, um jetzt zuhause sitzen zu bleiben! Denn was sollte sie jetzt zuhause machen? Fernsehen? Ein neues Buch anfangen?

Nein! Sie stellte sich vor, wie sich um Mitternacht ganz in der Nähe im Goldenen Anker alle in die Arme fallen und sich ein frohes neues Jahr wünschen! Da wollte sie plötzlich doch lieber dabei sein! In Windeseile suchte sie ihr kleines Schwarzes heraus, bürstete sich die Haare, legte Rouge und Lipgloss auf und verließ ihre Wohnung.

Als sie vor dem Goldenen Anker stand, war sie froh, gekommen zu sein. Das Gelächter und die Musik waren bis auf die Straße zu hören. Sie drängte sich durch die tanzenden Massen und suchte ihre Freundin Melanie. Sahra entdeckte sie, wie sie in der hintersten Ecke stand und einen Mann anhimmelte, der ihr die Hand hielt. Sahra war ein wenig neidisch, aber andererseits wollte sie ihre Freundin jetzt auf keinen Fall stören! Daher drehte sie sich um und ging in die Nähe der Tanzfläche. Während sie die Tanzenden beobachtete, rekapitulierte sie: Ihr einziger Vorsatz für das neue Jahr war der, nicht mehr krampfhaft nach einem Mann zu suchen. Wenn es nicht sein sollte, sollte es halt nicht sein.

Sahra ging an die Bar und ließ sich ein Glas Sekt geben. In Gedanken prostete sie damit der ganzen Welt zu, während sie sich die Menschen auf der Tanzfläche ansah. Irgendwie war sie glücklich, obwohl in diesem Jahr mit den Männern alles schief gegangen war.

Auf der Tanzfläche waren mehr Frauen als Männer, wie Sahra ganz automatisch registrierte. Aber es gab noch genug Männer am Rande der Tanzfläche, die zuschauten. Um die Tanzfläche herum standen etliche Tische und Stühle. Dort saßen verschiedene Grüppchen und versuchten, sich trotz des Lärms zu unterhalten. Insgesamt war es eine nette, entspannte Atmosphäre. An einem der Tische saßen ein paar Männer zusammen, von denen Sahra der Blonde in der Mitte auffiel. Nun ja, dachte sie und grinste innerlich, gerade hatte sie sich ein Versprechen gegeben. Sie würde es nicht gleich brechen!

Als sie ihr kleines Glas Sekt getrunken hatte, wagte sie sich auf die Tanzfläche. Es kamen die Hits der 1980-er Jahre und mittlerweile sangen alle lauthals mit. Sahra tanzte selbstvergessen. Doch plötzlich wurde die Musik leise gestellt und der DJ begann mit dem Countdown: 10, 9, 8 … Jetzt zählten alle mit: 7, 6, 5, 4, 3, 2, 1! Ein Tusch! Das neue Jahr war da! Überall Knaller und Korken, Gelächter und Musik und Sahra war dabei!

Die Menschen fielen sich in die Arme und sagten: „Frohes neues Jahr" und alle strahlten. „Frohes neues Jahr!", sagte plötzlich ein blonder Mann, legte seine Hand an Sahras Taille und zog sie an sich. Sie stemmte sich einen Moment dagegen, um ihn sich genau anzusehen und erkannte dann, dass es der Mann war, der ihr vorhin ebenfalls aufgefallen war. Sahra lachte und ließ sich drücken. „Frohes neues Jahr", sagte nun auch sie. „Ich heiße Sahra und du?"

„Richard. Ich bin zu Besuch hier bei Freunden. Du magst dich nicht zufällig mit zu uns an den Tisch setzen?"

„Doch", antwortete sie, „aber vielleicht noch nicht gleich! Ich möchte erst noch tanzen!"

„Gut, Sahra, dann tanzen wir", antwortete Richard lächelnd und schon führte er sie souverän in einen Discofox, wirbelte sie über die Tanzfläche, ließ sie los und fing sie wieder auf. So einen guten Tänzer hatte Sahra schon lange nicht mehr! Nach drei Tänzen dieser Art blieb ihr die Puste weg.

„Jetzt können wir uns setzen", keuchte Sahra, aber in diesem Moment legte der DJ einen Schmusesong von Bruno Mars auf und Richard zog sie wieder an sich. Die Tanzfläche war dunkler geworden, alle schmiegten sich jetzt enger aneinander, auch Sahra und Richard. Es lag Magie in der Luft und die Liebe schien zum Greifen nah.

Richard sah sie an und Sahra erwiderte seinen innigen Blick. Er war unvermeidbar ... dieser Kuss ...

Ein Silvesterkuss ist unvergesslich. Er markiert einen neuen Abschnitt – und gleichzeitig, dass da jemand ist, der einen begleiten will. Ein Silvesterkuss ist wie ein Versprechen, ein Ausblick darauf, dass man auch die nächsten zwölf Monate gemeinsam erleben will – mit allen Höhen und Tiefen, mit allen Herausforderungen und Wünschen. Miteinander und füreinander.

Sahra und Richard sahen sich noch lange in die Augen, bis sie sich schließlich voneinander lösten und die Tanzfläche gemeinsam verließen.

Das unausgesprochene Versprechen, das Sahra und Richard sich in der Silvesternacht auf der Tanzfläche gaben, wollen beide noch immer unbedingt einhalten. Richard wohnt zwar in einer anderen Stadt, aber er hat in Sahras Nähe gute Freunde und sowohl Sahra als auch Richard haben ein Auto. Sie wollen es einerseits zwar langsam angehen lassen, sind aber beide sehr verliebt.

Sahra hat ihren Traummann gefunden, nachdem sie sich vorgenommen hatte, nicht mehr nach ihm zu suchen. Und ihre Freundin Melanie? Nun, das wäre wieder eine ganz andere Geschichte ...

DIE SCHLITTSCHUHE

Das war mal wieder typisch für mich! An Weihnachten war ich auf einer Single-Party, aber anstatt nette Männer kennenzulernen und zu flirten, freundete ich mich mit einer Frau an!

Marianne war rund und fröhlich. Ihr Lachen zog mich magisch an und wir kamen schnell ins Gespräch. Auch sie war einsam: Sie hatte einen Fulltime-Job im Studentenwerk und eine kränkelnde Mutter, die sie versorgte – zu wenig Zeit also, irgendwo einen Mann kennenzulernen.

Ich hingegen war Studentin und neu in der Stadt. Ich kannte wirklich niemanden außer ein paar Kommilitonen. Es war zwar leicht gewesen, mit ihnen in Kontakt zu kommen, aber dafür ist Köln ja auch bekannt. Doch den Kontakt zu halten oder sogar zu vertiefen – das fiel mir hier ungewohnt schwer. Zu mehr als zu oberflächlichen Kontakten schien es nicht zu reichen.

Da fand ich kurz vor Semesterende einen Aushang an schwarzen Brett: „Weihnachts-Singleparty. Wer feiert mit? Bitte bei Malte anmelden, Telefon …"

Ich notierte mir die Nummer und vergaß sie erst einmal. Aber als dann Heiligabend immer näher rückte, fiel mir die Party wieder ein. Ich überlegte. Eigentlich war geplant, dass ich nach Hause fahre. Aber ich komme aus der Nähe von Flensburg und die Fahrt dorthin dauert mehr als sechs Stunden. Mir war gar nicht danach, so lange zu reisen, zumal mich zuhause nicht viel Freude erwartete.

Meine Eltern leben seit Jahren im Dauerclinch und immer, wenn sie sich streiten, versuchen sie, mich und meine Geschwister auf ihre Seite zu ziehen.

Jetzt, wo ich doch so weit entfernt studierte, hatte ich doch endlich eine Ausrede, diesen Streits nicht mehr beiwohnen zu müssen. Sollte ich trotzdem, nur aus Angst vor der Einsamkeit, nach Hause fahren?

Und wie sollte ich jemals jemanden kennenlernen, wenn ich nicht jede Gelegenheit ergriff? So eine Singleparty wäre ja nichts Schlechtes, aber wusste ich, ob sie überhaupt stattfand? Vielleicht war dieser Zettel ja nur ein Scherz gewesen, oder eine Idee, die nicht realisiert wurde …

Nach langem hin und her rief ich diesen Malte an. Es klingelte eine ganze Weile, bevor er gehetzt ans Telefon kam und „Hallo" sagte.

„Saskia hier", stellte ich mich vor. „Ich habe den Aushang am Schwarzen Brett gesehen und rufe wegen der Singleparty an. Findet sie überhaupt statt?"

„Aber klar findet sie statt", antwortete Malte begeistert. „Wir haben sogar den Saal des Studentenwerks zur Verfügung gestellt bekommen.

Möchtest du auch kommen? Das wäre super. Wir haben nämlich Männerüberschuss." Er lachte.

„Oh, wann geht es denn los?", fragte ich, ein wenig peinlich berührt.

„An Heiligabend um 18 Uhr. Bring etwas zu trinken oder etwas zum Essen mit!"

Dass das Fest im Saal des Studentenwerks stattfinden sollte, beruhigte mich. Wäre in einem Privathaushalt gefeiert worden, hätte ich Bedenken gehabt. Ich buk also ein paar Tage vor Heiligabend eine Linzertorte und ging mit ihr bewaffnet um 18.30 Uhr ins Studentenwerk.

Es war bereits laut und dunkel darin und die Musik, die gespielt wurde, war keine Weihnachtsmusik. An den Wänden standen Tische, auf denen die mitgebrachten Essens- und Getränkegaben deponiert waren – alles in heillosem Durcheinander.

Die Mitte des Saals war die Tanzfläche, die bereits frequentiert wurde. Um sie herum standen Stühle, auf denen ein paar Studenten lümmelten. Du lieber Himmel, dachte ich, wie willst du denn hier jemanden kennenlernen?

Dennoch beschloss ich, nicht gleich kehrt zu machen, sondern der illustren Gesellschaft noch eine Chance zu geben. Ich zog meinen Mantel aus und hielt ihn unschlüssig über meinem Arm, während ich mir überlegte, wohin ich mich setzen möchte.

„Komm", hörte ich plötzlich eine Frauenstimme an meinem Ohr. „Ich zeige dir die Garderobe!"

Ich folgte der Frau ins Helle, wo sie mich in einen kleinen Raum mit Kleiderhaken führte. „Neu hier?", fragte sie mich.

Ich nickte und hielt ihr meine Hand hin: „Saskia. Erstes Semester Englisch und Geographie. Und du?"

„Marianne. Ich arbeite hier im Studentenwerk und soll ein Auge auf euch haben." Sie lachte und zwinkerte mir fröhlich zu: „Das ist ein toller Job, ich bin nämlich auch Single und da drin sind ein paar knackige Jungs!"

Ich lachte pflichtschuldigst. „Ich bin gar nicht so scharf auf eine Beziehung", gestand ich ihr. „Ich habe mit meinem Studienanfang hier in Köln genug zu tun. Aber ich würde gerne ein paar Leute mehr kennen."

„Nun, jetzt kennst du ja mich!", sagte Marianne und schob mich wieder zurück in den Saal.

Wir suchten uns Sitzplätze, unterhielten uns über die laute Musik hinweg, probierten ein paar Leckereien von den Essenstischen und tanzten gelegentlich. Alles in allem war es eine nette Party. Alle schienen sich zu amüsieren.

Ich selbst war viel zu schüchtern, einen Jungen anzusprechen, aber Marianne kam an jeder Ecke mit jemandem ins Gespräch. Als gebürtige Kölnerin beherrschte sie die Kunst des Smalltalks und bis zum Ende des Abends hatte sie mit mehreren Jungen geschäkert und deren Telefonnummern eingesteckt.

Ich war verblüfft und fühlte mich ein wenig wie eine graue Maus neben ihr, aber da mir an diesem Abend niemand besonders ins Auge stach, beließ ich die Situation so wie sie war. Ich hatte in der neuen Stadt eine Freundin gefunden – das bedeutete mir so viel, dass ich an diesem Heiligabend sehr glücklich nach Hause ging!

Marianne und ich hatten uns bereits für den zweiten Weihnachtsfeiertag verabredet. Wir wollten zusammen einen Kaffee trinken und uns in Ruhe unterhalten. Marianne hatte mich zu sich eingeladen. „Dann habe ich gleichzeitig meine Mutter im Auge", sagte sie schelmisch, als sie die Einladung aussprach.

Marianne lebte mit ihrer Mutter zusammen in einem kleinen Häuschen in Dünnwald. Unten war das Reich der Mutter, oben Mariannes Domizil.

Die Mutter wirkte ein wenig herrisch und gleichzeitig etwas zerfahren, als ich an die Tür klingelte, doch Marianne schob sie mit ein paar verbindlichen Worten zur Seite und schleuste mich an ihrer Mutter vorbei nach oben. In Mariannes gemütlichem Esszimmer warteten bereits Kaffee und Weihnachtsplätzchen auf mich.

Wir unterhielten uns so entspannt, als würden wir uns schon ewig kennen. Ich fand in ihr eine aufgeschlossene Zuhörerin und gestand ihr im Laufe des Nachmittags sogar meinen Herzenswunsch: Ich wollte unbedingt einmal Schlittschuhlaufen!

„Aber leider war ich als Kind auf Rollerblades schon nicht wirklich geschickt. Trotzdem stelle ich es mir toll vor, auf dem Eis zu schweben ..."

„Warum hast du dann nicht Malte gefragt, ob er mit dir eislaufen geht?", fragte Marianne.

„Malte?", fragte ich verwirrt zurück. „Welchen Malte? Ich kenne nur den, der diese Party organisiert hat, aber auch nur, weil ich mit ihm telefoniert habe. Persönlich kennengelernt habe ich ihn nicht."

„Nein?", fragte Marianne und grinste. „Da hast du aber etwas verpasst. Malte ist ein Sahneschnittchen. Wirkt wie ein Hansdampf in allen Gassen und gibt sich auch immer forsch, aber in Wahrheit ist er ein Lieber."

„Und er kann eislaufen?"

„Ja, er ist sogar Eislauflehrer im Kölner Eis-Klub." Marianne zwinkerte mir zu. „Er war früher ein hoffnungsvoller Eistänzer, aber als seine Partnerin sich aus dem Sport zurückzog, hat auch er mit dem Eistanz aufgehört. Sonst, wer weiß, vielleicht hätte er sich bei einer Olympiade sogar eine Medaille erlaufen ...", sinnierte sie.

„Und woher weißt du das alles?", fragte ich.

„Hast du vergessen, dass ich beim Studentenwerk arbeite?", fragte sie zurück. „Da erfährt man so manches."

„Und du meinst, ich soll diesen Malte einfach anrufen und fragen, ob er mir eislaufen beibringt?"

„Warum nicht?"

Ich zögerte, dann schüttelte ich langsam den Kopf. „Das traue ich mich nicht", gestand ich schließlich.

„Nun, dann mach ich es", kündigte Marianne an und griff nach ihrem Smartphone. „Wie gut, dass ich seine Nummer noch von der Party eingespeichert habe. Es gab im Vorfeld einiges zu regeln, da war das hilfreich." Sie gluckste. Dann konzentrierte sie sich auf ihr Telefonat. „Hallo Malte", sprach sie schließlich in den Hörer. „War ja eine tolle Party vorgestern, Kompliment. Ich fürchte nur, du hast eine der hübschesten Frauen auf dem Fest übersehen … nein, nein, ich meine nicht mich." Marianne lachte. Es fiel ihr so leicht, zu flirten, dass es mir einen Stich gab.

„Nein, es gibt einen Neuzugang. Sie heißt Saskia, stammt aus Flensburg und ist ganz reizend. Sie hat mir gesagt, dass sie gerne eislaufen lernen möchte. Nun, gibst du noch Unterricht?" Und schon verabredete sich Marianne mit Malte für den übernächsten Tag in der Lentpark-Eishalle.

„Ich bringe Saskia mit. Ja, wir leihen uns Schlittschuhe. Ich kann schon ein bisschen, um mich musst du dich nicht kümmern", versprach sie noch, bevor sie sich verabschiedete.

„Uff", sagte ich, als sie das Gespräch beendet hatte. „So schnell hat sich ja noch nie ein Wunsch von mir erfüllt!", lachte ich. Mulmig war mir trotzdem. Ich wollte doch nur eislaufen lernen, aber jetzt hatte mich Marianne meinem Lehrer angepriesen wie Sauerbier … würde er das vielleicht falsch verstehen?

Als ich zwei Tage später an der Eislaufhalle ankam, war ich sehr nervös. Was, wenn mir das Eislaufen gar nicht lag? Wenn ich einen Unfall hätte und mir ein Bein brechen würde? Was, wenn ich Malte doof finden würde? Und würde Marianne da sein und ein Auge auf mich haben, genauso wie auf die Partygesellschaft und auf ihre Mutter?

Mein Herz klopfte wie wild, als ich auf das riesige Gebäude der Eis- und Schwimmhalle zuging. Da stand schon Marianne, dick vermummt in einem Anorak mit Fellkapuze und winkte mir mit behandschuhten Händen zu. Gott sei Dank, dachte ich mir, Marianne ist schon mal da. Ich begrüßte sie glücklich. Gleich sollte es losgehen, mein Eislaufabenteuer, und es war mir egal, ob da noch ein Malte dazukam oder nicht. Ich würde es an Mariannes Seite auf jeden Fall probieren, ein wenig auf dem Eis herumzutappen!

Wir gingen hinein und stellten uns an der Ausleihe an, wo man mir ein paar Schlittschuhe in meiner Größe ausgab. Plötzlich stand ein junger Mann an meiner Seite, nahm mir die Schlittschuhe ab und fuhr mit dem rechten Daumen die Kufen ab. Dann sagte er zu der Frau an der Ausleihe: „Die sind nicht ordentlich geschliffen, könnten Sie ihr bitte ein anderes Paar geben?"

Die Frau an der Ausleihe reagierte erst verblüfft und wollte schon meckern, aber dann besann sie sich anders, drehte sie sich um und suchte ein weiteres Paar Eislaufschuhe heraus, das sie ihm statt mir in die Hand drückte.

Wieder prüfte der junge Mann die Kufen, dann nickte er und zog mich aus der Reihe. „Du bist bestimmt Saskia, unser Neuzugang. Ich bin Malte. Wenn die Kufen Macken haben, kannst du dich damit verhaken und stolpern", erklärte er. „Das wollte ich bei deinem ersten Eislauferlebnis unbedingt verhindern."

Er lächelte ein so umwerfendes Lächeln, dass ich verlegen zu Boden blicken musste.

„Danke", murmelte ich. Das also war Malte? Und wo hatte er sich die Singleparty über versteckt? Wie hatte ich ihn übersehen können? Und wo zum Teufel blieb nur Marianne?

Auch sie hatte sich mittlerweile ein paar Leihschlittschuhe ergattert und stieß nun zu uns. Wir wurden von Malte an eine Bank gebracht, wo wir unsere Schuhe wechseln konnten.

„Darf ich dir helfen?", fragte Malte, als ich die Schlittschuhe binden wollte. Ich nickte, peinlich berührt. Mir hatte noch nie jemand geholfen, meine Schuhe zuzubinden. Und schon gleich gar nicht so ein attraktiver Mann, der dazu auf die Knie ging.

Malte begann mit meinem rechten Fuß und prüfte mit seinen Händen, wie der Schuh um meinen Fuß lag. Dazu fuhr er die Fußseiten entlang und drückte hier und da. Dann machte er sich daran, die Schnürsenkel an manchen Stellen sehr straff und an anderen wieder etwas lockerer zu schnüren.

„Und jetzt du", sagte er und zeigte mit dem Kinn auf meinen linken Fuß. Ich tat es ihm gleich, indem ich um meinen Fuß herumtastete, feststellte, wo er den Schuh ausfüllte und wo noch Luft war und entsprechend zuschnürte.

„Wenn du erst einmal deine eigenen Schlittschuhe hast, dann brauchst du das natürlich nicht mehr zu machen", lächelte Malte, der offensichtlich damit zufrieden war, wie ich mich bei den Vorbereitungen auf den großen Moment machte.

Dann ging es aufs Eis. „Nicht laufen", sagte er. „Du musst die Füße einfach über das Eis gleiten lassen und dabei wie beim Tanzen auseinander schieben", sagte er, nachdem ich die ersten Schritte auf das Eis gestakst war.

Marianne war bereits von uns losgelaufen und drehte ihre erste Runde. Ich stand noch an der Bande und hielt mich verzweifelt fest. Die Kufen waren so ungewohnt und so … rutschig!

Dann aber nahm Malte mich an einer Hand, fasste mir mit der anderen um die Taille und fuhr in einem langsamen Rhythmus an: „Schieben nach rechts, schieben nach links, rechts, links, eins, zwei, eins, zwei, nach rechts, nach links …"

Am Anfang war ich sehr verkrampft, aber schließlich hatte ich den Bogen raus und strahlte Malte vor Freude an. Dabei rutschte ich natürlich aus und fiel in seine Arme. Er lachte und schob mich an die Bande zurück, wo ich mich neu sortieren konnte.

Mittlerweile war auch Marianne wieder bei uns angekommen und gesellte sich zu mir an die Bande. „Willst du uns nicht irgendetwas Spektakuläres zeigen?", fragte sie Malte frech. „Einen Sprung oder eine Pirouette?"

Malte lachte. „Für einen Sprung sind zu viele Menschen hier, das ist zu gefährlich. Aber eine Schrauben-Pirouette geht vielleicht." Damit lief er in die Mitte der Eisfläche, hob sein rechtes Bein und begann sich zu drehen. Dabei zog er sein Bein immer mehr in die Körpermitte, wobei er schneller und schneller wurde. Wow! Und diesen Mann hatte ich an Heiligabend übersehen!

Malte beendete seine Pirouette und kam mit erhitztem, jungenhaft strahlenden Gesicht wieder zurück zu uns an die Bande. „Darf ich den Ladys einen Kakao spendieren?", fragte er in die Runde. Marianne und ich nickten.

Wir gaben unsere Schlittschuhe ab und trafen uns im Bistro des Lentparks wieder. Malte hatte bereits drei Tassen Kakao besorgt, die verführerisch dampften. Doch kaum hatten wir an unseren Tassen genippt, als Marianne auffuhr und rief: „Mein Gott, jetzt hätte ich doch beinahe meine Mutter vergessen! Ich hatte ihr versprochen, sie heute Abend zu Tante Elfriede zu fahren. Leider, ich muss weg! Tschüss, ihr zwei Hübschen, habt noch einen schönen Abend!"

Marianne war so schnell weg, dass wir verdattert sitzen blieben und uns ratlos ansahen. „Wie hat dir denn dein erster Eislaufversuch gefallen", fragte Malte dann freundlich, um ein Gespräch zu beginnen.

„Sehr gut, vielen Dank, dass du dir Zeit genommen hast", antwortete ich und schon versiegte unser Gespräch wieder. Ich bin einfach zu schüchtern!

Doch das schien Malte nichts auszumachen. Er hakte einfach nach, fragte, woher ich komme und ob ich nicht schon als Kind einmal versucht hätte, Inliner zu fahren. Ich erzählte ihm von meinen vergeblichen Versuchen und diversen Unfällen. Er lachte.

Dann erzählte mir Malte von seiner aktiven Eislaufzeit und von seinem Entschluss, statt Sportler doch lieber Sportlehrer zu werden. Er sprach von seinem Sportstudium und von seiner Arbeit als Eislauftrainer. Es war sehr interessant und ich freute mich, dass er so offen war.

Als wir uns an diesem Abend trennten, gab ich ihm einen schüchternen Kuss auf die Wange. „Ich fahre über Silvester und Neujahr zu meinen Eltern nach Hamburg", sagte er zum Abschied, „aber wenn ich im Januar wieder da bin, darf ich dich dann anrufen?"

Ich nickte und gab ihm meine Telefonnummer.

So ganz geglaubt habe ich ihm ja nicht, dass er sich wieder meldet. So ein attraktiver junger Mann, mit guter Ausbildung und guten Manieren – und ich, unsicher, schüchtern, ein Landei … wer konnte schon wissen, ob ich wirklich Chancen bei ihm hatte? Doch ich hätte nicht zweifeln müssen. Schon an Silvester rief er mich an um mir einen guten Rutsch ins Neue Jahr zu wünschen. An Neujahr rief er mich dann an, um mir ein schönes Neues Jahr zu wünschen. Und am 6. Januar meldete er sich als ein heiliger Dreikönig, der es zuhause nicht mehr aushalten und sofort nach Köln fahren würde.

Wir trafen uns im Eislaufpark und fielen uns in die Arme, als wären wir schon immer ein Paar gewesen. Dann ging es zusammen aufs Eis und ich machte erste Fortschritte beim Eislaufen. Einmal fiel ich auf meinen Hintern, aber wir lachten nur darüber, Malte und ich.

Habe ich schon erwähnt, dass wir seither ein Paar sind? Marianne hatte es kommen sehen und sich deshalb auch damals so überstürzt von uns verabschiedet. Das gestand sie mir später bei einem Glas Kölsch.

Mit ihrem Instinkt damals hat sie auf jeden Fall recht behalten. Ich habe Malte genauso gut gefallen wie er mir.

Ich werde zwar niemals mit ihm auf dem Eis tanzen können, denn allzu begabt stelle ich mich immer noch nicht an. Aber das verlangt ja auch niemand. Malte und ich wollen nur zusammen sein und viel Zeit miteinander verbringen. Nicht nur auf dem Eis, sondern immer und überall.

Ich bin so glücklich!

NACHWORT

Liebe Leserinnen und Leser,

vielen Dank, dass Sie mein Buch gelesen haben. Ich hoffe, es hat Ihnen gefallen.

Nicht alle meine Kurzgeschichten beschäftigen sich mit der Liebe und nicht alle enden mit einem Happy End. Davon zeugen etliche Bücher, die ich vor diesem herausgebracht habe.

Wenn Sie sich dafür interessieren und über meine Neuerscheinungen, Lesungen, Hintergrundrecherchen etc. auf dem Laufenden sein möchten, können Sie mir auf diesen Seiten folgen:

www.facebook.com/brigitte.vanhattem
www.instagram.com/brigittevanhattem

Sie können sich jedoch auch für meinen kostenlosen „Newsletter mit Goodies" eintragen lassen. Schreiben Sie dazu einfach eine formlose E-Mail an newsletter@vanhattem.de und Sie erhalten dann etwa alle zwei Monate die neuesten Informationen mit Lesungs- und Vortrags-Terminen, exklusiven Leseproben und Gewinnspielen.

Auf jeden Fall würde ich mich freuen, Sie bald wieder zwischen den Seiten meiner Bücher wiederzufinden.

März 2023
Brigitte van Hattem

IMPRESSUM

© Brigitte van Hattem 2020/2023, vHVerlag Kandel, Saarstr. 215 a, 76870 Kandel, www.vhverlag.de

Umschlag: Giusy Lo Coco, magicalcover.de

Brigitte van Hattem ist Medizinjournalistin und lebt in der Nähe von Karlsruhe. Normalerweise schreibt sie Frauenromane und medizinische Sachbücher, beschäftigt sich aber auch mit ungewöhnlichen Diagnosen und schrägen Todesfällen.

Weitere Bücher von Brigitte van Hattem (Stand Februar 2023):

- Schabrackenblues: Ein heiterer Frauenroman, mit der Frage: Gibt es ein Leben nach den Wechseljahren? BoD, ISBN 978-3750480667
- Amors Pfeil traf eine Katze. Liebesgeschichten, ISBN: 978-3755711919
- Das Glück ist ein dämliches Grinsen – Kurzgeschichten und Miniaturen, ISBN 978-39820496-4-9 (nur bei Amazon)
- Quito und die Galapagosinseln 2020: Ein Reisebericht mit zahlreichen Abbildungen. ISBN 979-8627165837 (nur bei Amazon)

- Lebenslänglich – kriminelle Kurzgeschichten, BoD, ISBN 978-3753408866
- Ein Versehen mit Todesfolge, Kurzgeschichten nach wahren Todesfällen, BoD, ISBN 978-3756218783
- Verschieden. Kurzgeschichten. Tödlich. Wie das Leben sie schrieb. BoD, ISBN 978-3734721908
- Lesbinas. Ein Episodenroman über lesbisches Leben 50+, BoD, ISBN 978-3756211586
- Schwester Leonie. Ein Arztroman, ISBN 978-1980896845 (nur bei Amazon)
- Bello wird blind. Retinadegeneration und andere Augenerkrankungen beim Hund. ISBN 978-3-9820496-0-1 (nur bei Amazon)

sowie verschiedene medizinische Sachbücher in Zusammenarbeit mit Fachärzten.

Alle Bücher sind auch als E-Book erhältlich.

LESEPROBE:
SCHABRACKENBLUES

Ein heiterer Frauenroman
von Brigitte van Hattem

Dr. Google warf mehrere Adressen aus und alle genannten Ärzte waren Fachärzte für plastische und ästhetische Chirurgie. Ich hatte die Qual der Wahl und entschied mich für einen, der seine Praxis in der Nähe der Schule hat, in der ich arbeite.

Das Wartezimmer der Praxis war so unglaublich luxuriös eingerichtet, dass ich mich sofort unbehaglich fühlte. Da wartete eine alte, verwelkte Schabracke in einem aufpolierten Neo-Barock-Sofa. Sehr passend. Sphärische Klänge ärgerten meine Ohren. Meeresrauschen aktivierte meine Blasenfunktion. Wenn ich hier noch eine Weile hätte warten müssen, wäre das schief gegangen. Musik, die mich beruhigen soll, regt mich tierisch auf.

Doch dann kam schon der große Meister und bat mich in seinen Behandlungsraum. Er roch nach Zigaretten und ich fragte mich sofort, ob sich sein Nikotinabusus wohl auf meine Wundheilung auswirken könnte. Dann schob ich den Gedanken beiseite und erzählte ihm, dass und warum ich mir nicht mehr gefalle.

"Ich habe aber nicht den Eindruck, dass es damit getan ist, dass man mir die Haut nach oben zieht", erklärte ich meinem aufmerksamen Gegenüber und demonstrierte es gleich, indem ich mir mit meinen beiden Händen ins Gesicht fasste und meine Hängebäckchen gleichzeitig sowohl nach oben als auch nach außen zog. Ich hatte das zuhause vor dem Spiegel geübt.

"Ja, das bringt nicht viel", bestätigte mir der Chirurg. "Das liegt aber daran, dass man hier an der falschen Stelle ansetzen würde. Schauen Sie einmal." Schwuppdiwupp hatte er eine Fernbedienung in der Hand und zielte mit ihr auf die Wand rechts neben ihm, wo ein Plasmabildschirm hing. Während der Arzt die richtigen Bilder suchte, hatte ich Zeit und Gelegenheit, ihn mir ausgiebig zu betrachten.

Er war schätzungsweise Ende Dreißig, höchstens Anfang Vierzig und sah mir persönlich ein wenig zu gut aus. Ich hatte schon vor dreißig Jahren Mühe gehabt, mir die Aufmerksamkeit von so extrem gutaussehenden Männern zu sichern, daher war ein wenig Skepsis sicher angebracht.

Doc Beauty hatte mittlerweile gefunden, was er mir zeigen wollte. Es waren Vorher-Nachher-Fotos einer Frau meines Alters, der er den Bereich um die Wangenknochen aufgepolstert hatte.

Schlagartig hatte Doc Beauty meine Aufmerksamkeit. Die Frau sah auf dem Nachher-Foto wirklich und erkennbar besser aus und das, obwohl sie immer noch eine schwammige Kinnlinie und

Hängebäckchen hatte. Doc Beauty zeigte mir noch zwei weitere Beispiele und erklärte, dass mit dem Alter das Mittelgesicht abflacht und nach unten rutscht. Aber genau dieser Bereich, der vom seitlichen äußeren Augenwinkel bogenförmig nach innen und unten bis zum seitlichen Nasenflügel verläuft, springe dem Betrachter förmlich ins Auge. Eine Auffüllung mit Eigenfett oder einem künstlich hergestellten Füllstoff bewirke daher eine Verbesserung des Aussehens um fünf bis zehn Jahre, auch wenn sich sonst am Gesicht nicht viel getan hat. Ich war beeindruckt.

Wenn mich aber meine Kinnlinie darüber hinaus stören würde, würde mir Doc Beauty zu einem sogenannten MACS Lifting raten, bei dem Fäden die untere Wangenregion nach oben in Richtung Ohr ziehen. Auch hierfür hatte der Doc einen Fotobeweis. Er rief die Vorher- und Nachher-Fotos einer etwa Sechzigjährigen auf und zeigte mir, was er bei ihr alles operiert hatte: MACS, Augen- mit Augenbrauenlifting und Mittelgesichtsfüllung. Die Frau sah jetzt tatsächlich gut aus, obwohl ihre weit aufgerissenen Augen auf dem Nachher-Foto ein wenig angsterfüllt wirkten. Es sei sehr schwierig gewesen, diesen Eingriff durchzuführen, plauderte der Doc aus dem Nähkästchen. Die Frau hätte bereits woanders Voroperationen durchführen lassen und er hätte durch dickes Narbengewebe schneiden müssen. Dabei sei leider auch der Worst Case passiert.

Das war ihm vermutlich nur so herausgerutscht, aber bei mir schrillten plötzlich alle Alarmglocken. "Worst Case?", fragte ich irritiert. Ich unterrichte technisches Englisch, mir war also klar, dass es sich hierbei um den schlimmsten anzunehmenden (Un-)Fall handelte, den Super-Gau. "Was ist denn bei dieser Operation der Worst Case?"

"Nun, die Schließfähigkeit ihres rechten Auges ging verloren", antwortete Doc Beauty, in einem Tonfall, als spräche er über eine lästige kleine Hautirritation.

"Sie kann es nicht mehr aufmachen?", fragte ich zurück.

"Sie kann es nicht mehr zu machen", korrigierte er mich.

Es dauerte ein paar Sekunden, bis sich diese Information in meine sämtlichen relevanten Hirnregionen verteilte.

"Sie kann es nicht mehr zu machen?!?", wiederholte ich ihn. "Ist das reversibel?"

Der Doc schüttelte bedauernd den Kopf.

"Aber man muss seine Augen ab und zu zumachen, sonst trocknen sie aus", stammelte ich.

"Nun ja, sie kann es manuell zu machen", erklärte er mir. "Mit der Hand."

Ich starrte auf die Vorher-Nachher-Fotos seiner bedauernswerten Patientin und stellte mir vor, wie sie abends ins Bett ging und sich mit der Hand ihr Auge zuklappte. Und wie sie morgens ihr Lid wieder zurückschob. Und zwischendurch manuell blinzelte.

"Aber sie sieht gut aus", gab ich zögerlich zu, weil mir sonst nichts Vernünftiges mehr einfiel.

"Ja, aber wie es nun mal so ist", seufzte Doc Beauty und wand sich ein wenig in seinem Chefsessel, "fokussiert sich die Patientin natürlich nur auf das, was schief gelaufen ist. Da muss man als Arzt ganz schön Kindermädchen spielen!"

Jetzt war ich endgültig sprachlos. Natürlich müssen Schönheitspraxen wirtschaftlich arbeitende Unternehmen sein, und natürlich führen sie mit ihren Patienten Verkaufsgespräche. Sie müssen auf die Möglichkeit eines Worst-Case aufmerksam machen, aber sie sollten auch Mitgefühl zeigen. Ich stand auf und verabschiedete mich von Doc Beauty, ich wolle es mir noch einmal überlegen.

Die Dame an der Anmeldung reichte mir einen Kostenvoranschlag zum Abschied: Volumen-aufbau Mittelgesicht und Nasolabialfalten mit Füllstoff, drei bis vier Ampullen á 450 Euro, alternativ Volumenaufbau mit Eigenfett, 1. Sitzung 3.500, jede Folgesitzung 2.000 Euro.

Als ich in den Wagen stieg und nach Hause fuhr, kam Trotz in mir auf. Hormonelle Imbalancen, wie sie bei einer postmenopausalen Frau durchaus normal sind, haben bekanntermaßen oft weitreichende Folgen: Übergewicht, Burnout, Depressionen, Hautprobleme, Infektanfälligkeit, Libidoverlust, Schlafstörungen, später noch Osteoporose und Scheidenatrophie - es gab also genug Fronten, an denen ich noch zu kämpfen hatte. Was machte es da schon, dass mein Mittelgesicht nach unten gerutscht war?

Das Buch „Schabrackenblues: Ein heiterer Frauenroman" ist unter der ISBN 978-3750480667 überall erhältlich, wo es Bücher gibt.